아빠의 중앙이발관

이만큼 살아도 되는 사람은 없다

아빠의 중앙이발관

권다올 소설

없다. 없다는 말 한마디가 가슴을 먹먹하게 합니다.
추억이 점점 희미해질 것 같아 글로 간직하여
그리울 때 꺼내어 추억하고 싶습니다.

좋은땅

목차

좋은 날

2018년 1월 8일 월요일 오후 2시,

어느 한겨울, 햇살이 나른하게 거실에 비스듬히 몸을 누이고 있었다. 나는 평일 점심 식사 후 남은 반나절을 어떻게 보낼 것인지 잠시 행복한 고민으로 나른한 휴가를 즐기고 있었다.

갑자기 할 일이 떠올랐다. 햇살 반주에 바이올린 선율로 공기를 가득 채우고 싶은 욕구가 생겼다. 날카로운 듯 부드러운 듯 바이올린 소리가 아직은 여물지 않아 능숙한 소리를 충분히 발산하지 못한다. 이제 바이올린을 시작한 지 6개월, 역시 소리는 거짓을 말하지 못한다. 아직 멋진 소리를 내지 못하지만 미지의 세계에 발을 들여 배움을 만끽하고 있다. 그렇게 햇살을 즐기며 몸도 마음도 여유로운 날이었다. 좋은 날이다.

063으로 시작되는 낯선 전화번호가 자신에게 눈길을 달라며 작지 않은 바이올린 음 사이를 비집고 존재감을 드러낸다. 벨 소리는 핸드폰에서 기본으로 제공되는 같은 멜로디가 반복되는 흔하디흔한 벨 소리다. 02, 070으로 시작하는 스팸 같지 않아 그냥 넘길 수 없었다. 저장되지 않은 낯선 전화번호라는 것에 살짝 긴장하며 핸드폰 화면을 툭 밀었다.

"정읍 J 병원인데 권철민 씨 가족이 맞나요?"

핸드폰 너머로 낯선 남자의 음성이 들려왔고, 나는 잠시 주춤했다.

권철민은 나의 아빠 이름이다. 평온했던 공기의 흐름이 잠시 일렁였다. 이런 상황을 모른 채 남자는 계속 말을 이어 가기 위해 호흡을 들이마셨고, 나는 남자가 내뱉을 소리를 맞이할 준비를 하였다.

"아버님께서 지난주 우리 병원에서 대장내시경검사를 하셨는데 증후가 좋지 않아 조직검사를 하였습니다. 그런데 결과가 좋지 않습니다. 빠른 시일 내에 저희 병원에 방문하실 수 있나요? 빠르면 오늘도 괜찮고, 내일도 괜찮습니다."

목소리의 무게중심이 잔뜩 아래로 낮게 깔린 남자의 목소리는 조심스러웠고 진지했다. 나는 지금의 상황을 파악하기 위해 온 세포들을 자극하였다. 그리고 눈동자가 심하게 흔들리고 있음을 직감하였다. 아빠의 상태를 자세히 묻고 싶었지만 막상 무엇을 물어보아야 할지 떠오르지 않았다. 질문 욕구들을 억누르고 남자에게 말했다.

"가는 데 1시간 정도 걸리는데 지금 갈게요."

심상치 않은 조짐을 느낀 나는 전화를 끊자마자 성급히 외출 준비를 서둘렀다. 궁금한 것이 많았으나 왠지 지금은 질문보다는 행동이 먼저여야 한다는 본능이 앞섰다. 마침 겨울방학 중이어서 바로 병원으로 가는 데 아무 문제 없었다. 초능력 피구에서 순간 이동 능력을 가진 옵션이 있는데 지금 이 순간 그 능력이 내 것이라면 하는 생각이 들었다. 평소 색조 화장에 크게 시간을 들이지 않는 편이다. 머리 감고 양치하고 화장까지 15분 안에 외출 준비가 끝났다. 고속도로를 이용하지 않아도 잘 트인 자동차전용도로를 이용하면 45분 내에 병원에 도착할 수 있다.

전화를 끊고 나서야 그 남자가 의사였는지 간호사였는지 원무과 직원이었는지 기억에 없었다. 어쩌면 의사일 것이라고 추측했다. 운전하고 가는 내내 '무슨 일이지?'라는 궁금증과 걱정이 커져 갔다.

내 나이 41세, 지금까지 조직검사를 해 본 적이 없다. 그래서 조직검사라는 단어가 낯설기만 하다. 의사가 환자의 보호자를 만나 치료 방향을 상의해 보고 싶은 것이라고 생각하였다.

여동생 영은이는 평소 정읍에서 전주로 대중교통을 이용하여 출퇴근을 하는데 월요일, 화요일에는 직원들끼리 돌아가며 휴일을 즐긴다. 병원으로 가는 길에 영은이에게 전화하였더니 마침 쉬는 날이라 집에 있다고 한다. 영은이 역시 나와 같은 반응이었다.

"무슨 일인데 오라고 하지? 아빠가 술을 많이 마셔서 탈이 났을까?"

무슨 일이지라는 말은 낯선 남자와의 통화 이후 머릿속으로 수십 번 되뇐 말이다. 그동안 술과 가까운 생활을 하였던 아빠에게 탈이 없는 게 이상하다는 것에 우리 자매는 모두 동의한다. 한편 큰일은 아닐 거라는 두 갈래 줄에서 아슬아슬 줄타기를 하였다.

아빠의 중앙이발관 •

겨울의 따스한 햇살이 내가 가는 길을 지긋이 비춘다. 그런데 자동차 유리를 뚫고 들어오는 햇살의 따스함이 느껴지지 않았다.

　아빠는 술을 자주 마시는 편이다. 그렇지만 한번 술을 마셨을 때 많은 양을 마시지는 않는다. 적어도 나의 기준에는 그렇게 보였다. 스스로 본인 몸을 건사할 정도로, 알코올 기운을 적당히 즐길 정도로만 드신다. 하지만 지금과 다르게 아빠는 젊었을 때 인사불성이 될 정도로 많이 마셨다고 한다. 점차 연세가 들수록 취하도록 먹는 술이 아닌 즐기는 지혜로운 음주 생활 습관으로 바뀌었다. 아빠가 선호하는 선물 목록 중 술이 한 자리를 차지할 정도로 아빠는 소문난 애주가이다. 복분자 수확 철에는 매년 어김없이 손수 복분자주를 담가 본인도 즐기고, 주변 지인들에게도 인심을 베푸셨다. 그동안 아빠는 술과 가까웠고, 최근까지 즐겨 드셨다는 것은 부정할 수 없는 사실이다.

　병원 입구에서 택시를 타고 막 병원에 도착한 영은이가 보였다. 우리는 오는 동안 혼자 했던 생각을 비교라도 하듯이 데칼코마니처럼 똑같이 찍어 내며, 불안감을 다독였다. 다급하게 온 우리는 길게 말할 여유 없이 2층 해당 진료실을 향해 조심스럽고도 빠른 걸음을 하였다.
　환자로 번잡한 대도시의 대학병원과 다르게 정읍 J 병원 복도는 한산하였다. 구두 뒷굽이 바닥에 닿을 때마다 딸깍딸깍 소리를 내며 권철민의 보호자들이 왔음을 조심스럽게 알렸다. 진료실 앞 간호사에게 인사를 하고 아빠 이름을 말하였더니 기다렸다는 듯 바로 진료실로 안

내해 주었다.

삐거덕거리는 미닫이문을 열고 진료실로 들어서는 순간 창문 너머 건강한 햇살이 우리를 반겼다. 의사는 햇살을 등지고 의자에 앉아 진료실로 들어가는 우리를 맞이하였다. 진료실 오른쪽에는 4인용 같은 3인용 소파가 벽에 붙은 채 한 자리를 크게 차지하고 있었다. 흔하게 볼 수 있는 진한 브라운 계열의 소파였고 사람들이 자주 앉는 가운데 부분은 연한 브라운색을 띄고 있었다. 맞은편 쪽 벽에는 이 남자가 의사라는 것을 증명하듯 각종 의학 서적들이 으스대며 책장에 나란히 꽂혀 있었다.

우리 자매는 의사와 형식적인 인사를 하였다. 의사가 소파를 향해 손짓으로 안내하였고, 우리는 자연스럽게 소파에 앉았다. 의사는 앉자마자 오른쪽 발을 왼쪽 무릎과 허벅지 근방 위에 올려 다리를 꼬았다. 나는 그 자세가 눈에 거슬렸다. 초면에 다리를 꼬고 이야기를 한다는 것은 어떤 의미일까라는 생각이 들었다. 진지한 이야기를 하기 위해 환자의 보호자를 부른 것일 텐데 다리를 꼰 자세로 대화를 시도하려는 그의 태도가 영 달갑지 않았다. 의사는 오른쪽 다리를 끝내 바닥에 내려놓지 않고 3초 후 침묵의 살얼음을 깨고 입을 열었다.

"오늘 오전에 아버님도 저를 만나고 가셨습니다. 아버님에게는 조직검사 결과가 안 좋다고 말씀은 드렸는데 자세히는 말씀을 못 드렸습니다."

조심스럽게 말을 시작하는 분위기가 예사롭지 않음을 알아차리고 나와 영은이는 의사를 주시하였다.

"얼마나 안 좋은데요?"

성격이 급한 나는 참지 못하고 의사에게 물었다.

의사가 첫마디를 한 후 다음 말을 뱉어낼 때까지 3초 정도밖에 안 되었다. 그 3초는 마치 무중력상태였다. 의사가 곧 무중력상태를 끝냈다. 무거운 공기가 진료실 안에 가득 찼다. 의사의 얼굴을, 정확히는 입을 뚫어지게 바라보았다. 도대체 왜 우리를 여기까지 갑자기 불렀는지 궁금하고 불안하였다.

"아버님께서 평소 자주 설사를 하셨고, 최근에는 혈변까지 보셨다고 하셔서 대장내시경을 하게 되었습니다. 대장내시경을 하면서 조직검사까지 같이 하였습니다. 조직검사 결과가 오늘 나왔는데 대장암 말기로 나왔습니다."

'대. 장. 암. 말. 기.'

한 글자 한 글자가 머릿속 뇌를 향해 또박또박 타이핑을 하기 시작했다. 망치로 머리를 맞고 있는 것 같았다. 잠시 공기도 우리의 호흡도 멈추었다. 의사는 우리와 달리 고른 숨을 쉬고 있었다.

의사는 하고 싶은 말, 해야 할 말을 이어 갔고, 우리는 망치 타격의 후유증을 고스란히 감내하며 무감각한 상태에서 의사의 말을 들었다. 의사의 말은 악의적이지 않지만 장미에 돋친 가시처럼 잔뜩 솟아 있었다.

우리는 서로 얼굴을 쳐다보다가 의사 얼굴을 쳐다보기를 반복하였다. 영은이는 금세 눈시울이 붉어졌다. 영은이의 눈망울에서 영은이와 같은 나의 모습을 보았다.

"네? 대장암 말기요?"

　나는 혹시 잘못 들었을지도 모른다는 희망으로 재차 확인했다. 희망은 없었다. 의사에게서 앞서 한 말과 다른 말을 들을 수 없었다. 의사는 첫 대면인 우리에게 친절하고 온화한 표정의 모습이었을 테지만 의사의 친절한 몸짓과 말투를 그대로 받아들이지 못하고 있었다. 평소 영은이와 다르게 나는 성격이 날카롭고 예민한 편이다. 의사가 보호자에게 환자의 병에 대해 객관적으로 사실을 설명하는 것이 당연한 일이고 자주 있는 일이겠지만 나에게 의사의 모든 움직임과 말투는 거슬리고 있었다. 다리를 계속 꼬고 앉아 있는 자세 또한 심히 마음을 불편하게 했다. 의사는 비보를 듣고 있는 가족들의 심정은 안중에도 없는 것처럼 매몰차 보였다. 의사는 계속 사실을 확인시켜 주었다.

"네. 대장암 말기라 하더라도 치료가 가능하기도 한데 문제는 간으로 이미 전이가 많이 되어 있어서 3개월 정도, 길면 6개월 정도 볼 수 있습니다. 그런데 아버님이 워낙 성격이 강하신 것 같아 이렇게까지 자세히 말씀은 못 드렸습니다."

　이게 바로 말로만 듣던, 드라마에서만 보았던 비운의 주인공, 주인공의 가족들이 당했던 상황이구나 싶었다. 아빠의 시한부 선고는 묵직했다.

이런 전개는 생각하지 못했다. 최악의 상황으로 아빠 몸 상태가 안 좋아서 수술을 하거나 치료 방법에 대해 가족들과의 상의가 필요할 수도 있겠다는 게 최고의 펀치라고 생각했다. 아빠의 암 말기라는 상황은 감지가 안 되는 내 인생 선 너머의 영역이었다.

검사가 잘못됐을 수 있다고 우기기에는 의사의 말과 표정은 확신으로 차 보였다. 더 이상 사실임을 확인하는 질문이 덧없어 보였다.

"그럼 앞으로 어떻게 해야 하나요?"

영은이는 목소리를 조심스럽게 가다듬고 보호자로서 할 수 있는 질문을 겨우 이어 갔다.

"간으로 전이가 되었고, 장기 일부도 암세포가 자리 잡고 있는 상태라서 수술은 힘듭니다. 드시고 싶으신 거 다 드시고, 활동하고 싶은 대로 활동하시면서 사시는 게 좋을 수도 있습니다. 병원을 가셔야 한다면 집에서 가까운 암 센터가 있는 전주 J 병원이 있기는 한데 치료보다는 불편하지 않게 조치하는 정도일 겁니다."

의사가 덧붙여 말했다.

마음이 여리고 눈물이 많은 영은이는 흘러내린 눈물을 연신 닦았다. 우리 자매는 저 멀리서 집 크기만 한 파도가 우리를 향해 다가오고 있음을 두 눈으로 보고 있으면서도 아무런 대처도 하지 못하고 있는 무기력한 존재였다.

'의사는 우리 아빠를 잘 모른다. 아빠가 얼마나 의지가 강한 사람인지. 의사가 말한 대로 되지 않을 거다. 아빠는 그 어려운 시절 결핵도 이겨 냈고, 본인의 엉덩이에 직접 주삿바늘까지 꽂으며 주사를 놓는 보통이 아닌 사람이다. 그리고 60킬로그램도 안 되는 체중을 열심히 노력하여 78킬로그램까지 늘릴 정도로 자신의 몸을 통제할 수 있다.'

라는 생각을 하며 의사의 말에 동의하고 싶지 않았다. 아빠가 건강이 회복되어 보란 듯이 여길 다시 찾아와서 당신이 한 말이 틀렸다고, 오진이었다고, 건강한 아빠를 내세워 증명하고 싶었다.

의사의 말은 사시는 동안만큼 아빠가 일상생활을 하시는 것처럼만 사서도 충분하고, 치료는 불가능하다고 못을 박은 것이었다. 의사는 이미 아빠 상태를 포기한 상태였고, 어떠한 희망도 주지 않았다.

"아버님과 잠깐이지만 이야기를 나누어 보니 아버님께서 성격이 강하고 자존심이 강하셔서 제가 사실을 그대로 말씀드리면 어떻게 나오실지 걱정이 돼서 말씀을 못 드렸습니다."

의사가 오전에 아빠와 상담을 한 후 아빠가 어떤 사람이라는 걸 이미 읽은 것처럼 덧붙였다.

"맞아요. 아빠가 평소 건강에 자신이 있고, 건강관리를 잘하신다고 생각하시는 편이에요. 아마 그 얘기 들으셨으면 충격을 크게 받으셨을 거예요."

의사의 말에 내가 말을 이어 갔다. 의사가 아빠에게서 어떤 모습을 보았을지 눈에 선하다. 아빠의 성격은 보통 사람과 달리 유별난 부분이 많은데 의사가 짧은 시간 동안 아빠의 성격을 금세 파악한 것이다.

나와 내 동생은 아빠의 시한부 선고에 몸이 소스라치고 있는데 의사는 다리 꼰 자세를 여전히 유지하고 있다. 그 모습이 다시 한번 거슬렀다. 의사에겐 어떠한 의미를 담지 않은 생활 습관이었다 하더라도 의사의 자세에 신경이 계속 곤두섰다. 그 이후 다리를 꼬고 얘기하는 사람에 대한 나의 시선이 달갑지 않은 뒤틀림이 생긴 것 같다. 엄청 거만해 보이고, 상대방의 감정은 무시되고 있는 것 같은 불쾌감이 든다. 그리고 예의의 흔적도 없어 보인다. 그래서 나는 되도록 다른 사람들과 같이 있을 때 다리를 꼬고 앉는 자세를 취하지 않으려고 다시 한번 내 자세를 점검한다.

물론 서로 마음을 나눌 정도로 편한 사람들과 있을 때는 괜찮다는 예외는 있다. 의사와 나는 결코 편한 관계가 아니다. 적어도 서로 불편한 초면인 관계에서는 그 자세로 상대방을 대하면 안 되는 것이라는 결론을 냈다. 좀 더 겸손한 자세여야 했다. 아빠에 대한 걱정이 의사에 대한 원망으로 방향을 틀었다.

영은이와 나는 처음처럼 의사에게 형식적인 인사를 하고, 현실을 직시한 채 터덜터덜 진료실을 나왔다. 의사에게 전혀 희망적인 대안을 듣기 못했기 때문에 발걸음이 무겁기만 했다. 수술만 할 수 있는 상황이어도 병원에서 아빠를 그냥 보내진 않았을 것이다. 긴 복도 통로가 처음 걸어왔던 길과 다르게 어두워 보였고, 더 멀게 느껴졌다. 진료실에서 우리를 비추었던 햇살이 복도에서는 보이지 않았다.

거의 복도 끝, 의자가 줄 맞춰 정리된 로비에 엄마가 서 계셨다. 영은이가 병원에 오기 전 엄마와 통화를 한 것이었다. 엄마에게 의사가 한 말을 전했다. 엄마는 놀라움, 당황함, 두려움으로 금방 눈시울이 붉어지셨고, 술을 오랜 기간, 자주 가까이하셨던 아빠를 원망하였다. 그리고 스스로를 다독이며 마음을 추스르려는 기미가 보였다. 엄마도 병원에 올 때 우리와 같은 마음이었을 것이다. 무엇보다 걱정이 크셨을 것이다. 그리고 보통 일이 아님을 직감하셨고, 여러 가지 시나리오를 머릿속으로 그려 나갔을 것이다. 수많은 생각들이 가지치기할 때마다 현실을 나 몰라라 등 돌리고 싶었을 것이다. 엄마는 아빠에 대한 걱정과 스스로 몸을 잘 돌보지 않은 아빠에 대한 원망을 한바탕 쏟아 낸 후 점차 이 상황을 인정하기 시작했다.

"폐병 걸려서 다 죽는다고 했는데 지금까지 살았으면 많이 살았다. 먹을 거 다 먹고……."

엄마가 말을 다 잇지 못하셨다. 폐병이라는 것은 결핵을 말한다.

"그렇게 혼자 똑똑한 척하면서 자기 몸은 그렇게 되는지도 모르고……. 작년에 너희 큰아빠랑 큰엄마, 이 병원에서 대장내시경검사 한다고 해서 보호자 역할로 따라왔단다."

엄마는 제대로 끝맺음하지 못할 말들을 띄엄띄엄 내뱉었다. 그리고 자신의 몸 상태는 자신하면서 형과 형수님 건강관리에는 도움을 주었다는 것에 엄마는 더 속상했던 것이다. 큰아버지와 큰어머니 대장내시경검사 하는 날 큰어머니는 용종을 떼어 냈다고 한다. 그즈음에 같이 검사를 했더라면 오늘 같은 상황이 펼쳐지지 않았을 것이라는 덧없는 만약의 생각으로 안타깝기만 했다.

'만약'이라는 단어에서 과거의 후회가 고스란히 느껴진다. 우리 가족에게 '만약'이라는 말은 한동안 금기어가 되었다. '만약'이라는 말은 우리 가족들이 그렇게 하지 못한 것에 대한 자책과 원망으로 가슴을 후벼 파는 송곳이 되었다.

2017년 아빠와 콩타작을 한 적이 있다. 2018년 1월에 아빠의 암 진단이 있었으니 가슴 아프게도 콩타작을 할 때에 아빠는 이미 암세포에게 조금씩 자리를 내어 주고 있었던 것이다. 그리고 같은 해에 아빠는 쓰쓰가무시병으로 고생하셨다. 자식들에게는 쓰쓰가무시병이 다 나은 후 말씀하셨다. 아빠는 이미 치료를 받아야 하는 환자였다. 아빠가 너무 가여웠고, 자신의 몸을 살피지 않은 것에 대해 아빠가 원망스럽기도 했다. 그리고 우리 가족은 아빠를 챙기지 못한 자책감에서 쉽게 헤어 나오지 못했다.

만약 아빠가 술을 좀 덜 마셨다면, 만약 아빠가 건강검진을 한 번 더 하실 수 있도록 우리가 신경을 썼다면, 만약 아빠가 건강에 자신하지 않았다면 등등.

아빠가 운전을 한번 해 볼까 하는 뜻을 우리 가족에게 비친 적이 있었다. 그런데 우리 가족은 술을 자주 드시는 아빠가 운전하시는 것을 반가워하지 않았고, 위험할 것 같아 만류하였다. 그런데 그 일이 후회가 되기도 한다. 만약 아빠가 운전면허증을 딸 수 있도록 우리 삼 남매가 적극 지원하였다면, 아빠가 술을 조금이나마 적게 드시지 않았을까, 술자리를 줄이지 않았을까 하는 아쉬움이 가득했다. 아빠는 매일 술을 드셨다. 맥주, 소주, 담금주 할 것 없이 안 가렸다. 대신 소주를 차갑게 드시면 탈이 나니 실온에 놓아둔 소주를 드셨다.

영은이와 나는 술을 곧잘 마신다. 아빠는 두 딸들에게 냉장고에 있는 소주는 마시지 말라는 조언을 하셨다. 술을 마시지 말라는 잔소리를 아빠에게 들어 본 적이 없다. 딸들에게 금주 명령이 아닌 미지근한 소주를 마셔야 하고, 안주를 잘 갖춰서 먹어야 한다는 조언을 한 우리 아빠는 신세대 아빠였다. 그래서 명절이나 부모님 생신날 가족이 모이면 우리 집은 술과 함께 끊이지 않는 이야기가 오간다. 아빠가 관심 있어 하는 정치, 요즘 대세인 건강식품의 효능, 그리고 우리 가족들의 건강 체크를 하시는 게 이야기의 큰 흐름이었다. 우리 걱정보다 본인 건강을 좀 더 챙겼으면 좋았을 텐데…….

갑자기 더 속상해졌다. 그때 대장내시경을 했어도, 1년 전에만 검사를 했어도 이렇게까지 전이는 안 되었을 거라는 생각에 너무 안타까웠고, 나중에는 아빠에게 화가 났다. 많은 생각들이 어디로 튈지 모르는 탱탱볼처럼 산만하고 정신이 없었다.

나의 남편 회사는 매년 직원들의 건강검진을 위해 특정 병원과 제휴를 맺는다. 1년에 한 번 검진을 받을 수 있고, 아직은 남편, 나 모두 젊다 생각하여 서로 격년으로 번갈아 가며 검진을 한다. 어느 해에는 그 검진권으로 아빠가 건강검진을 받으신 적이 있다. 검사 결과 아빠는 건강하셨다. 위내시경, 대장내시경 모두 정상이었다. 5년이 지난 지금 한 번 더 건강검진을 챙겨 드리지 못한 나를 원망하고 또 자책하였다. 그렇게 시간이 흐른 줄 몰랐다. 건강검진으로 아빠는 본인이 건강하다는 잘못된 믿음을 가지게 되었다. 아빠에게도 세월이 흐르고 있다는 것을 잠시 잊었다. 나의 딸들의 크는 모습을 보며 내가 나이를 먹고 있다는 것을 실감하지 못한 채 살아왔다. 그리고 아빠 나이도 한 살 한 살 늘고 있는 것을 알아차리지 못했다. 가정을 꾸리고 육아와 직장 생활이 버겁다는 이유로 아빠를 소홀히 했다는 자책감에 괴로웠다. 우리 삼 남매를 가장 괴롭힌 것은 바로 자식으로서 도리를 못 했다는 것이다. 그 만약이라는 단어가 우리 가족을 계속 옭아맸고, 시간을 되돌릴 수 없는 야속한 현실이 매몰차고 냉정하기만 했다.

아빠의 생애 처음 받은 대장내시경검사에서 용종 하나 없이 깨끗하다는 검사 결과는 희소식이 아닌 불씨였던 셈이다. 오랫동안 술과 가까이했어도 나는 이렇게 거뜬하다 하는 쓸모없는 자신감만 커진 것이다. 건강검진 결과가 오히려 자신의 건강을 더 자신하게 되는 쓸모없는 극약처방이 되었고 독이 되었다.

"너희 아빠가 대장내시경검사 했는데 그렇게 술을 마셨어도 나는 깨끗하다네 하시면서 좋아하시더라."

광주에 사는 외삼촌이 하셨던 말씀이다. 그러니 '나는 괜찮아'가 된 것이다. 그걸 바보처럼 함께 믿었던 우리 가족도 괜찮은 것으로 앞으로도 괜찮을 것이라고 '아빠는 건강해'가 된 것이다.

나에게 방학은 꿈 같은 시간이다. 반면 안 좋은 일이 생길 것만 같은 폭탄으로 둔갑하기도 한다. 여름방학 비가 오는 어느 날 아빠는 배가 아프다며 나에게 전화를 하셨다. 결혼하여 전주에 살고 있는 나는 정읍으로 아빠를 모시러 갔고, 결국 전주에 있는 병원에서 맹장 수술을 받으셨다. 겨울방학에는 아빠의 대장암 말기 소식을 들어야 했다. 어느 해 여름방학 시작 일에는 시어머님이 병원에서 시술을 받은 후 내가 간호를 한 적이 있다. 1월 겨울방학에는 딸 가율이가 횡단보도를 건너다 교통사고를 당해 10일간 입원을 한 적도 있다. 방학은 마음의 평안을 줄 것 같으면서도 좋지 않은 일들을 나에게 언제 던질지 모르는 불안감을 준다.

달의 일렁임

엄마, 여동생, 나는 엄마 아빠가 살고 있는 집으로 향했다. 병원에서 집까지 가는 데 20분이 걸린다. 엄마는 차 안에서 아빠에게 전화를 여러 번 했지만 아빠 목소리를 들을 수 없었다. 분명 의사가 아빠에게 모든 사실을 다 말하지는 않았다고 했다. 집에 도착할 때까지 아빠는 전화를 끝내 받지 않으셨다.

집으로 가는 차 안에서 우리 세 모녀의 한탄이 끊이질 않았다. 어쩌면 우리 여자 셋은 침묵이 더 무서웠는지 모른다. 한탄은 아빠에 대한 걱정에서 시작하여 아빠에 대한 원망, 우리의 자책으로 구간 반복되었다. 집에 도착해서 아빠에게 다시 전화했더니 그제야 아빠의 목소리가 핸드폰 너머로 들렸다. 아빠가 곧 온다는 얘기에 심장의 두근거림이 그대로 전달되었다. 아빠 얼굴을 보면 이 상황이 정말로 실감이 날 것 같았다.

집에 도착해서 우리는 불안한 마음으로 아빠를 기다렸다. 대문을 열고 닫는 소리가 이어서 들렸다. 대문 소리가 우리의 속도 모르고 활기

찼다. 현관문이 열리고 거실 문이 열린 후 아빠가 모습을 드러냈다.

"왜 이렇게 전화를 안 받아? 몇 번을 했는데……. 어디 있었는가?"

엄마의 울먹임 속 아빠에 대한 걱정과 원망이 뒤섞인 목소리가 아빠에게 향했다.

"병원 간 김에 친구들이랑 같이 밥 먹고 얘기하다가 전화 소리를 못 들었네."

아빠는 평상시 목소리 톤으로 말씀하셨다. 평소 아빠의 목소리는 우렁차다. 먼 거리에서도 아빠의 목소리는 두꺼운 공기층을 뚫고 귀에 박힐 정도로 목소리가 쩌렁쩌렁하신 편이다. 아빠의 표정을 보고, 목소리를 들으니 의사가 전체 사실 중 일부만 얘기했다는 것을 알 수 있었다. 그렇다고 의사가 병명 자체를 아예 감춘 것은 아니라는 것을 영은이도, 나도 알고 있다.

"아빠, 방금 정읍 J 병원에서 영은이랑 나랑 의사 만나고 왔는데 아빠 지금 상태가 많이 안 좋대. 아빠 대장암 말기래."

내가 먼저 말문을 열었다.

의사가 우리에게 그러했듯이 이제는 우리가 아빠에게 시한부 선고를 하고 있다. 아빠에게 숨길 일은 아니라고 생각했다. 아빠에게 사실을 있는 그대로 얘기해야 아빠가 심각성을 알고 치료든 뭐든 할 수 있을 거라 판단한 것이다. 역시 대장암 말기라는 것까지는 알고 계셨는지 표정에 크게 동요가 없었다. 의사도 거기까지는 얘기한 것이 틀림없다.

평소 아빠는 주변에서 암 진단을 받은 사람들이 항암 치료 후 일상 생활을 되찾는 경우를 많이 보셨고, 우리에게 간혹 그분들의 소식을 전하기도 하셨다. 그래서 아빠도 그러한 사람 중 한 사람이 될 수 있다는 희망의 그림을 그리고 있을 수도 있다. 희망을 가질 수 있지만 암 말기라는 사실에 대해서는 상심이 크신 게 당연하다. 그렇지만 크게 낙담한 내색은 보이지 않으셨다. 평소 말수가 많은 편인데 오늘은 말을 아끼고 계셨다. 대장암 말기라는 사실을 알고도 크게 동요하지 않은 아빠의 표정은 오래가지 않았다.

"아빠, 대장암 말기에 간까지 전이가 돼서 의사가 아빠 3개월이나 6개월까지밖에 못 살 정도래."

나는 마지막으로 쐐기를 박았다. 아빠에게 잔인할지 모르지만 당사자인 아빠가 당연히 알아야 한다고 생각했다. 이건 나 혼자만의 생각이 아니었다. 가족들 모두 아빠와 이 상황을 함께 헤쳐 나가야 한다고 의견을 모았다. 아빠를 배려한다는 이유로 가족 모두가 거짓으로 아빠를 속여 가며 세월을 의미 없이 보내는 것은 의미 없는 일이라 생각했다. 사실 우리는 이 순간에도 아빠에게 의지하였는지 모른다. 지금까지 모든 일을 아빠와 상의하며 지내 온 우리 가족들에게 아빠는 여전히 우리의 버팀목이었으면 하는 바람이다. 아빠는 환자이기 이전에 우리에게 든든한 기둥이다. 지금까지 아빠는 가족의 일들을 아빠 힘으로 해결하려고 갖은 애를 쓰셨고, 우리 삼 남매가 대학을 졸업하고, 결혼을 하여 가정을 꾸리는 모든 과정에서 아빠의 애정 어린 관심과 노력이 빠진 적 없었다. 아빠의 문제에 부딪친 지금도 우리는 아빠가 필요하다.

　생각보다 심각한 상황이라는 것을 듣자 아빠는 그제야 흔들렸다. 흔들리는 동공을 나는 보았다. 밤하늘에 유독 하얗게 비치던 달의 검은 그림자가 바람에 흔들리던 것처럼 일렁였다. 이 사실을 의사로부터 혼자 들었다고 생각하니 아빠가 한없이 가엾게 느껴졌다. 그건 너무 아빠에게 가혹한 일이었을 것이다. 다소 거만했던 의사가 아빠를 제외한 우리 가족에게 먼저 사실대로 알려 준 것은 잘한 일이었다고 생각했다. 의사가 다리를 꼰 채로 우리를 만나지 않았다면 의사에게 호감을 가졌을 뻔했다. 다시 생각해 보니 환자에 대한 배려심도 있고, 가족에게 무거운 이야기를 건넬 때 예의를 갖춰 말했던 것도 사실이다. 다만 사실에 집중했을 뿐이다. 부풀려진 희망 뒤에는 더 큰 실망과 좌절이 올 수 있다. 객관적으로 생각해 보면 의사는 다리 꼰 자세를 제외하고는 모두 양호했다.

　거듭 생각해 보아도 아빠에게 숨길 일은 아니다. 아빠의 인생이고, 아빠가 인생의 주인공이니 남은 인생도 아빠가 계획하고 결정하며 살아가야 한다고 판단했다. 아빠는 많이 놀라셨고, 그런 모습에 나는 참았던 눈물을 쏟아 냈다. 아빠의 길 잃은 눈동자의 흔들리는 모습에 내 가슴이 더 먹먹해졌다.
　"아빠, 아빠 얼마 못 사신대. 대장암이 간까지 전이가 많이 됐대."
　아빠에게 쥐어짜며 독한 말을 뱉었다. 울먹이며 아빠의 얼굴을 살폈

아빠의 중앙이발관 •

다. 아빠에게 사실을 말해야 하는 상황이 괴로웠고, 아빠가 당황스러워하는 모습을 보는 것으로 가슴이 또다시 미어졌다. 아빠는 한숨을 쉬셨다. 순간 어떤 생각을 하셨을까? 내가 아빠라면 나는 가족들에게 어떤 반응을 하였을까? 이건 정말 가늠이 안 되는 상황이다. 아빠의 긴 한숨 끝에 약간의 침묵이 흘렀다. 아빠가 묵직한 침묵을 스스로 깼다.

"그래? 살 만큼 산 것 같다. 젊어서 아플 때 살아 보려고 이것저것 노력하며 발버둥 쳤고, 지금까지 먹을 거 다 먹고 술 마시고 싶은 거 다 마시면서 잘 살았다."

아빠의 목소리는 담담했다. 목소리에서 칠십 평생 인생의 허탈함이 고스란히 묻어났다. 아빠는 자신이 처한 상황을 파악하고 받아들이는 데 채 5분도 안 걸렸다. 우리 아빠는 역시 남달랐다. 삶이 죽음에게 구석으로 몰리는 순간에도 아빠는 담담했다. 그리고 자신이 살아온 세월의 무게를 천천히 내려놓을 준비를 하고 계셨다.

의사가 있는 사실을 말한 것이라는 걸 인정하면서도 시한부 선고를 받은 환자 당사자나 가족은 의사의 말을 바로 신뢰하지 못하는 것 같다. '혹시'라는 희망이 슬그머니 고개를 들었다. 우리도 그러했다.

울고만 있을 수 없었다. 병원의 오진일 수도 있고, 맞다 하더라도 이대로 가만히 있을 수는 없었다. 다 모여 있는 거실에서 다른 방으로 이동하여 남편에게 전화를 걸었다. 남편의 목소리를 듣자마자 또 울음이 터졌다. 울음을 겨우 참던 아이가 엄마를 만나자 서러움이 북받치는 모습이었을 것이다. 평소 감정 표현을 잘 하지 않는 무뚝뚝한 나의 울음 섞인 목소리에 남편이 놀랐는지 나를 다독였다.

　서울에 유명하다는 큰 병원들을 알아보기 시작했다. 시댁 작은아버님이 서울에 사시는데 어렵던 시절 쌀 한 가마니 값만 들고 상경하여 자수성가하셨다고 한다. 지금까지 서울에서 계속 생활하셨고, 빌딩주이기도 하다. 또한 서울 인맥도 화려한 것 같다. 평소 연락을 잘 안 드렸던 민망함은 잠시 제쳐 두고, 그 인맥에 기대기로 했다. 신랑을 통해 알아본 결과 아빠 진료기록을 가지고 오면 바로 입원시켜 주겠다는 병원이 있다고 했다. 든든했다. 지방에서 알아주는, 아니 우리나라에서 인정하는 서울 병원에 바로 입원하여 치료받기가 쉬운 일이 아님을 안다. 지금은 큰 병원에 가서 다른 수를 찾아보고 싶었다. 이대로 포기할 수 없었다. 남편과의 두 번째 통화를 마친 후 나는 비장한 각오로 가족들이 모여 있는 거실로 돌아왔다. 마침 아빠의 치료에 대해 의견을 모으고 있었다.

　"아빠, 우리 치료는 받아 봐야지. 아빠가 가고 싶은 병원 있어?"

　영은이가 아빠를 향해 말했다. 영은이는 혹시 아빠가 치료를 거부할까 봐 아빠의 의중을 물어본 것이다.

　"아빠 친구 용선이가 서울 S 병원을 잘 아는데 거기 한번 알아봐야겠다. 우리 동네 사람들 다른 병원에서 못 고치는 병, 거기서 다 고쳐서 많이 내려왔다."

　아빠가 목소리를 가다듬고 말씀하셨다.

다행히 아빠가 치료를 받으실 생각을 하고 있다는 것에 우선 안도하였다. 절망의 순간에 아빠는 삶의 끈을 내려놓지 않으셨다. 서울 S 병원을 아빠를 통해 처음 알게 되었다. 영은이도 엄마도 처음 듣는 병원 이름에 불안하였다. 그래서 남편에게서 들은 서울의 큰 병원 이름을 꺼냈다.

"아빠, 서울에서 유명한 큰 병원이 있는데 당장 진료기록 가져오면 입원해서 검사 다시 해 보자는 병원을 김 서방이 방금 알아봤어. 서울 시댁 작은아버님이 그 병원에 아는 의사가 있다고 하니까 그 병원 한번 가 볼까?"

조심스럽게 아빠의 의향을 물었다. 아빠는 바로 대답을 하지 않으셨다. 우선 방금 전 아빠가 언급했던 병원을 한번 알아보고 싶어 하셨다.

시골 사람들의 병원에 대한 경험담과 소문은 아주 소중한 자료가 된다. 옆집 누가 무슨 병으로 고생하는 걸 가까이서 다 지켜봤기 때문에 누구보다 그 사실을 잘 알고, 신뢰가 두텁다. 그 병원을 다녀온 이후에 건강을 되찾은 산중인은 주위 사람들에게 100퍼센트 믿음을 준다.

나중에 알게 된 사실이지만 서울 S 병원은 내 정보 밖에 있는 병원이었지만 이미 동네 사람들을 여러 명 살린 소문난 병원이었다. 그 병원에 대한 정보를 더 알아보니 서울에 있고, 여러 지역에 두루두루 있는 큰 병원이었다. 그래도 어떻게 아빠를 설득해서 더 큰 병원으로 갈 수 있을까 미련을 버리기 쉽지 않았다. 큰 병원에 가면 못 한다는 수술이 가능할 수도 있다는 생각에 욕심이 생겼다.

아빠는 아빠만의 생각이 있을 경우 고집이 센 편이다. 우리 가족들은 아빠의 고집을 단순히 억지라고 폄하하지 않고, 어느 정도 합리적인 주관이라고 생각하여 여태껏 아빠의 의견을 믿고 따라왔다. 시간이 지나서 아빠의 말대로 되는 경우가 많았다. 그래서 아빠의 어깨는 항상 무거웠는지도 모른다.

내가 교대에 가서 교사가 된 것도, 우리 남편을 만난 것도 아빠의 고집이 있었기에 가능했다. 그리고 내가 차가운 수술대에서 죽을 고비를 넘길 수 있었던 것도 모두 아빠의 빠른 판단과 결정 덕분이었다.

아빠는 주관이 뚜렷한 사람이다. 그런데 중이 제 머리를 못 깎는 것처럼 지금 상황에서는 아빠가 객관적일 수 없다. 그렇지만 누구보다도 정신이 더 맑아 보였다. 아빠의 서울 S 병원 결정은 지금도 아빠가 선택을 잘하신 거라고 생각한다. 죽음의 그림자가 드리워진 어둠 속에서도 아빠는 여러 가지 수를 내다보셨다. 실의에 빠져 시간을 낭비하지 않고 힘겹게 정신을 부여잡으며 자신의 치료 계획을 바로 스케치하신 것이다. 아빠의 인생 굳은살이 이럴 때 제 몫을 하나 보다.

글을 쓴다는 것은

글을 써서 좋은 점이 생각보다 많은 것 같다. 시간을 거스를 수 있고, 지나간 추억과 사람을 내 마음대로 언제든 떠올릴 수 있다.

글을 쓰는 것은 대단한 용기가 필요한 것 같다. 나는 글쓰기에 소질이 없음을 스스로 인정하면서도 내 안 깊숙한 곳에서 글쓰기에 대한 갈증이 항상 내재되어 있음을 가끔 발견하고는 한다. 뭔가 해소하고 싶은 것이 있을 때 유독 그렇다.

다이어트하는 사람이 하루 바짝 마음껏 먹을 수 있는 그날처럼, 애연가가 담배 한 모금을 그리워할 때처럼, 일에 지쳐 나른해지는 목요일쯤 술 한잔이 생각날 때처럼 글쓰기가 당긴다. 지금은 아빠와 나의 이야기, 아빠와 우리 가족의 이야기를 털실 뭉치를 풀 듯 풀어 나가고 싶다. 털실의 길이, 색깔, 모양이 어떻든 상관없다. 내 기억은 나도 못 믿을 만큼 가물가물하여 100퍼센트 확신하지 못하며 지극히 자기중심적일 수 있다. 사람은 누구나 자기중심적이기 때문에 이 힘든 세상을 버티며 살고 있지 않은가. 내가 원하는 대로 나에게 유리한 대로 물길의 흐름을 언제든 바꾸며 나를 위로하고 응원할 수 있다. 심지어 나 혼자만의 상상으로 없는 희망도 만들어 낼 수 있다. 그게 바로 글이 가진 힘이다. 가끔 두서없는 상상 때문에 목적지와 전혀 다른 길로 향할 수 있지만 언제든 마음만 먹으면 통제할 수 있다.

내가 쓰는 글은 세련된 어휘력도, 섬세한 표현도, 세밀한 묘사도 없는 날것이다. 전문가가 쓰는 글이 많은 사람들에게 더 많은 공감을 불러일으킬 수 있겠지만 비전문가가 쓴 글도 분명 어느 부분에서는 동질감을 불러일으킬 수 있을 것이라 위안하며 누군가를 의식하지 않는 글을 써 보려고 한다.

나는 평소 책을 즐겨 읽는 습관을 가지고 있지 않다. 요즘 어렸을 때 하지 않았던 독서를 어른이 되어 뒤늦게 한다며 눈을 혹사시키고 있다. 독서의 참맛을 이제야 맛보고 있다. 두 딸들에게 내가 하지 못한 독서를 하라는 잔소리로 과거에 채우지 못한 독서량을 채우기도 한다.

국민학교 5학년 때 아빠가 동화 전집 100권을 사 오셨다. 그 책에 대한 호기심이 일주일을 못 갔으니 책에 관심이 많지 않은 것이 확실하다. 1980년대 아이들 동화책은 컬러가 아닌 흑백 도서였다. 그 옛날 100권 도서 전집 가격이 싸지는 않았을 텐데 아빠는 우리 삼 남매를 위해 큰돈을 쾌척하셨다. 그런데 우리 삼 남매는 모두 책과 거리가 멀었다. 흑백 도서여서 흥미가 없었던 것이라고 핑계를 대고 싶었지만 금세 들통이 났다. 주인인 내가 그 책들에 관심이 없는 반면 집에 놀러

아빠의 중앙이발관 •

온 내 친구가 앉은 자리에서 다섯 권을 순식간에 읽는 것을 보고 책의 컬러 여부는 독서량과 연관이 없다는 것으로 정리가 되었다. 나는 독서에 관심이 없는 아이였다.

나의 나이테 선은 많아졌어도 책과의 거리는 꾸준히 평행선을 유지하고 있다. 20대, 30대에는 책과 친하지 않았고, 40대에 책과 친하게 지내려고 했더니 비문증이 나의 뒤늦은 독서를 방해하고 있다. 독서 취미를 가져 보려고 해도 눈앞에 아른거리는 날파리가 나의 독서를 방해한다. 날파리 때문에 책을 읽고 나서 10분 정도 지나면 눈이 금세 피곤해진다. 읽다 보니 재미있어서 하루 만에 읽은 소설책 한 권 때문에 눈이 따갑고 충혈되어 안과를 간 적이 있다. 아마 의사 선생님이 내 눈 상태를 보고 내가 어떤 분야에 시간을 많이 들여 연구하는 사람으로 생각하셨을지도 모른다. 눈이 아플 정도로, 안과에 갈 정도로 책을 엄청 많이 읽었을 것이라고 생각했을 수도 있다. 익숙하지 않던 갑작스러운 독서는 내 눈에 과부하를 준 것뿐이었다.

어쨌든 나는 독서를 많이 하는 사람이 글도 잘 쓴다는 공식에 동의하고, 글쓰기와 나의 연결고리가 튼튼하지 않음을 인정한다. 어려서는 책을 벗으로 삼지 않았고 40대가 되어서 책을 가까이하려고 했더니 부족한 체력이 받쳐 주지 않는다. 책을 가까이하고 싶다는 마음을 먹게 된 것은 내가 지적으로 많이 부족하다는 생각을 하게 되면서였다. 그리고 세상 물정을 너무 모르지 않나 하는 자아비판, 그리고 내 생각을 다른 사람들에게 논리적으로 전달하는 힘이 약하다고 객관적으로 자기평가를 한 이후다. 그 해결책으로 독서라는 돌파구를 찾은 것이다.

내 USB 문예 폴더에는 독서 카드라는 한글 파일이 있다. 책 한 권을 읽을 때마다 제목, 지은이, 읽은 날짜 등을 기록하며 독서 오름길을 걷고 있다. 책 한 권 독서를 마무리하는 일이 나에게는 큰마음을 먹고 하는 일이다. 실제로 책을 읽은 시간만큼 휴식을 취해 줘야 몸 상태가 회복된다. 나의 몸 전체에서 가장 취약한 부분은 눈이다. 눈이 아프면 머리도 지끈거리고, 하루의 생기를 퇴색시키며 생활의 질이 떨어진다. 지식, 지혜와 내 건강은 서로 반비례 곡선을 그리고 있다. 세상에 공짜는 없는 법이다.

나의 인생 마라톤 어느 구간에서 내가 주로 언제 삶을 뒤적이는 글을 썼는지 기억을 더듬어 보았다. 기쁜 날보다는 삶의 정화가 필요할 때 몸과 정신이 휴식을 필요로 할 때 글이라는 매개체에 잠시 기대어 내 안에 끓고 있는 열을 토해 낼 때이다. 글로 흔적을 남기는 시기는 감정의 수직선상에서 기쁨보다는 슬픔 쪽에 더 가까운 점을 찍고 있을 때이다. 기뻤던 순간을 기록하기보다는 고난과 슬픔, 선택의 기로에 섰을 때, 깊은 고뇌가 필요할 때, 나를 추슬러야 할 때 펜을 잡는다.

힘들었을 때 쓴 나의 글을 시간이 지난 후 다시 접하면 '그때 내가 이렇게 힘들었구나, 지금 보면 별거 아니었는데 내가 이렇게까지 힘들었

아빠의 중앙이발관 •

구나.'라며 과거 태풍 같았던 감정에 다시 빠져 보기도 한다. 전두엽이 한창 자리를 잡아 가는 격동기 학창 시절, 내가 쓴 글을 보고 멋쩍게 웃음을 지은 적도 있다. 현재를 살고 있는 지금의 나는 과거보다 성장했구나, 과거의 나에게 고생했다며 따뜻한 격려를 보내 주기도 한다. 그리고 좀 더 성숙해져 있는 나를 발견한다. 10년 전에 내가 쓴 글을 보고 미소를 짓기도 한다. 지금 내가 쓰고 있는 글은 미래의 나에게 던지는 삶의 위로와 격려의 메시지가 될 수 있다. 어두운 터널 끝에서 아득히 보이는 빛을 마주하는 나의 등을 토닥여 줄 수 있다.

여기 지금, 그리고 저기 내일

?, . ! " " ' ' ……

오타가 아니다. 이것은 내가 살아온 길에 나와 함께해 왔고, 앞으로
도 같이할 희로애락을 표현해 주는 인생의 문장부호이다. 때로는 궁금
함과 호기심에 용기를 발휘하여 새로운 도전으로 미지의 세계에 빠져
들기도 하고(?), 길고 쉼 없는 여정 끝에 달콤한 휴식으로 잠시 점을 찍
으며 한숨 돌릴 때도 있고(,), 내가 계획한 일, 해야 하는 일의 목표에
도달했을 때 주머니 속 돌멩이를 꺼내는 가벼운 마음으로 마지막 장을
마무리하며 내일의 힘찬 날갯짓을 위해 웅크릴 때가 있었고(.), 기쁨과
슬픔, 절망, 사랑과 짜릿함, 흥분……, 인간이라면 느낄 수 있는 감정들
과 함께해 왔다(!). 그리고 나와 끈을 맺고 있는 모든 것들과 대화를 하
기도 하지만(" "), 때로는 나만의 사색에 잠겨 고독을 즐길 때도 있다('
'). 그리고 가끔은 말을 가슴에 품고 아껴야 할 때도 있었다(……). 두
딸아이, 남편이 자고 있는 정적의 밤 여기, 내가 고독을 즐기는 순간이
다. 나의 지나온 삶의 흔적들에서 오타 같지만 오타 아닌 소중한 추억
들이 아련히 떠오른다.

내가 지금까지 가장 행복했던 때는 언제였을까? 그리고 힘들었던 때는 언제였을까? 물론 인생이라는 것이 흐렸다 개이고, 웃다 우는 과정이 반복된다. 그 과정 속에서 지나간 즐거웠던 일들, '그때는 그랬지'라는 추억 자체만으로도 웃음 짓게 하는 일들을 떠올리다 보면 반복되는 일상, 지친 삶을 충전하는 에너지가 만들어지기도 한다. 내일의 활력소를 위해 추억의 한 페이지로 스며들고 싶다.

* 세발자전거를 타기 시작하면서(?)

나는 유독 기억력이 부족하다. 나의 어린 시절 기억을 누가 지우기라도 한 것처럼 깨끗하다. 그래서 내 기억의 시작은 세발자전거를 탔던 국민학교 1학년 때부터이다. 그 당시에는 국민학교였다. 호기심 왕성한 나는 아빠가 사 준 자전거를 신나게 타고 동네 여기저기를 누볐던 개구쟁이, 이빨 빠진 도장구였다. 하루에도 열 번 넘게 누런 코를 소매로 훔치고 나면 소매 끝이 풀을 먹인 것처럼 빳빳할 정도로 나는 유난히 코에 수도꼭지를 틀었냐는 말을 많이 들었다. 수도꼭지라는 말은 34살이 된 지금도 온 친척이 모인 명절에 듣는 나의 어릴 적 타이틀이다. 내가 살던 옛날에는 아이들이 코를 훌쩍거리는 일이 많아서 1학년 입학식 날 가슴에 손수건을 한 장 달고 새로운 시작을 하는 것이 당연한 풍경이었다. 요즘 애들은 코도 안 나온다.

그리고 지금은 컴퓨터, 스마트폰 안에 또 다른 세상이 있었지만 국민학교 시절에는 내 눈앞에 보이는 세상이 그림의 떡이 아닌 내 세상이었다. 내 생활 반경이 넓진 않았지만 내가 훑고 지나간 곳들의 돌, 풀 하나하나는 내 소꿉놀이 장난감으로 충분했고, 빈 깡통을 시멘트 길에 시끄럽게 뒹굴려 가며 노는 것도 그저 재미있었다. 동네 언니와 시간 가는 줄 모르고, 해 저무는지 모르고 놀다 보면 엄마에게 혼날까 봐 집에 들어가지 못하고 대문 앞을 서성이곤 했다. 감기에 걸려 병원 다녀오는 길에 느꼈던 따뜻한 아빠의 등, 사촌 오빠랑 볏단이 잔뜩 쌓인 논에서 놀다가 땅벌과의 사투를 벌인 날, 시골 밤하늘에 촘촘히도 박힌 별들을 보며 할머니 다리에 머리를 맡긴 채 손톱에 봉숭아 물이 얼른 들기를 기도했던 나의 어린 시절, 기억력 없는 나에게도 그 감정들은 진하게 남아 그윽하다.

중학생이 되어 짝사랑의 감정으로 이성에 대한 설렘도 느껴 보고, 시험공부에 처음으로 코피도 흘려 봤다. 소설에도 관심을 갖게 되어 밤늦게까지 독서 삼매경이라는 경험도 해 보았다. 지금은 1년에 책 다섯 권도 못 읽는 바보가 됐지만……. 기숙사 3년 생활 고등학교 시절은 누구나처럼 반복적인 학습 생활 패턴으로 역시 무난한 시간들을 보낸 것 같다. 아니면 나만 무난했을지도 모르겠다. 학창 시절 공부도 중요하지만 색다르고 즐겁게 보낼 수 있는 시기를 놓쳤던 게 아니었을까 하는 아쉬운 마음도 든다. 아쉬운 마음이 더 크지만 내 삶을 더욱 소중하게 만들었던 시간도 있었다. 엄마 말로 뜀박질만 잘하던 건강한 내가 종양 수술로 생사를 왔다 갔다 한 적도 있었다. 어린 고등학생이었지만 나는 그때 말로 표현할 수 없는 그 무언가를 느꼈다. 그래서 여기

아빠의 중앙이발관 •

지금이 더 소중하다.

* 기타로 오토바이를 타고(!)

그래서 대학생 시절, 나는 평범하고 싶지 않았나 보다. 내 인생에서 가장 즐거웠다고 자신 있게 말할 수 있었던 계기는 처음 보는 베이스 기타를 잡은 날부터였다. 3월 신입생 어느 날 묵직한 저음의 베이스 소리가 내 발걸음을 잡았다. 건물 지하에서 들려오는 록밴드의 연주 소리였다. 용기를 내어 기타 포스터가 붙어 있는 문을 두드렸고, 나는 어렵지 않게 베이시스트가 되었다. 그리고 틈만 나면 사랑하는 연인을 기다리고 만나듯 동아리 방을 찾아가 손가락 끝에 물집이 잡히고 굳은 살이라는 훈장이 생길 때까지 열심히 연습했다. 마침내 몇 달 동안 연습한 두 곡을 드럼, 기타, 키보드, 보컬 동기들과 첫 공연의 테이프를 끊었다. 긴장감과 설렘이 적절히 공존하는 무대, 그 짜릿함을 잊을 수 없다. 물론 실수투성이였다. 그래도 미지의 밴드 세계에 들어서서 내가 해 보고 싶은 음악을 실컷 맛보았다는 최고의 기분은 아마 내 인생에서 다시 못 느껴 볼 뜨거운 용광로로 기억된다.

* 아이들과의 수다, 마주 이야기(" ")

아이들을 만난 지 벌써 만 10년이다. 10년이면 강산도 변한다는데 교직 생활 10년이면 나는 과연 무엇이 어떻게 변했을까? 가끔은 첫 교직 생활을 같이했던 선배 교사들에게 전화를 걸어 신입 교사 시절의 나의 모습이 어땠냐고 묻고 싶을 때가 있다. 그때는 '신규니까'라는 말로 부족한 점도 이해해 주며 옆에서 조언을 해 줬기 때문에 지금의 발전된 내가 있을 거라는 것은 당연한 사실이다.

　아이들과 나 사이의 가장 큰 변화는 수다량의 변화이다. 경력이 얼마 되지 않았을 때는 학급에서 내가 만든 새로운 규칙에 의해 아이들과의 적응이 필요했고, 업무를 처리하는 것도 새로웠다. 그러다 보니 마음의 여유가 없다는 핑계로 아이들의 작은 소리에 관심을 잘 갖지 못했던 것 같다. 그런데 세월을 손가락으로 한 개씩 한 개씩 꼽을 때마다, 교직 생활의 마일리지가 조금은 쌓여 갈 때마다 나와 아이들 사이는 가까워지고 있음을 알게 되었다. '오늘은 아침부터 아이들이 조잘조잘 대며 어떤 마주 이야기를 할까'라는 생각으로 교실 문을 연다.
　"어제 아빠가 술을 많이 마시고 오느라 차를 놓고 왔는데 제가 차를 같이 찾아 주었어요." "선생님 머리 파마했어요?" "어제 엄마가 아이를 낳았어요." "제 동생이 방귀를 엄청 잘 뀌어요."
　산속 끝없는 새들의 지저귐처럼 귀가 심심치 않다. 그러면 나는 말 끝에 "그래."라는 말과 함께 공감의 눈빛을 한 번 반짝이고, 아이는 나에게 마음을 여는 표정으로 답한다. 이렇게 오가는 수다 속에 우리 반 수업 시간은 항상 발표 꽃이 핀다. 1학년은 무질서하고, 럭비공에 비유도 하지만 수다로 다져진 우리의 돈독한 관계는 눈치작전이 잘 통한다. 상황에 따라 몸짓과 표정만으로도 나를 믿고 잘 따라 준다. 내일은 누가 어떤 이야기보따리를 들고 신나게 교실 문을 열지 기다리는 재미가 있다.

* 달리면서 가끔 하늘 담기(.)

내 나이 34세, 30이 넘은 언젠가부터 남편의 나이에서 5살을 빼며 내 나이를 계산하기도 한다. 그만큼 내가 나 자신에게 무뎌지고 있는 것일까? 정신없는 학교의 하루 일과의 연장으로 집에 와서 두 딸아이를 돌보다 보면 나는 없는 것 같다고 생각하는 순간 조금은 서글퍼진다. 얼마 전 알게 된 교육지원청 장학사님의 육아 일기 중 밤잠을 설치는 일이 반복되다 보니 수업 시간에 잠깐 졸다 놀라서 깬 적이 있다고 했다. 고개가 끄덕여졌다. 지치도록 달리다가도 문 비밀번호를 누르는 소리에 엄마를 외치며 내가 나타나기를 기다리고 있는 네 살, 두 살 딸아이들을 보면 언제 그랬냐는 듯이 힘이 불끈불끈 솟아난다.

조만간 딸들과 인생 친구가 되어 함께 세상사 이야기를 나누고 있을 날들이 오겠지 하는 생각을 하면 시간이 유수처럼 지나 몸의 나이가 늙어 가더라도 기다림에 행복하기만 하다. 그리고 내가 어린 시절 할머니 무릎을 베고 하늘의 무수한 별들을 세었듯이 학교에서 내가 앞으로 만날 아이들, 집에서 나의 딸들과의 그러한 추억을 하나씩 만들어갈 것이다.

내가 지금까지 살아온 작은 기적들이 내가 지금 여기 설 수 있게 하였고, 저기 내일에도 멋진 내가 서 있는 날을 스케치해 보며 나의 고독 즐기기 시간은 여기까지이다.

USB에서 삭제당하지 않고 10년간 잘 버텨 온 내 과거의 글이다. 이 글은 나 혼자만의 글이 아니라 쓸 때부터 누군가에게 읽혀짐을 알고 쓴 글이었다. 시작은 공개 목적이었지만 글을 쓰는 과정에서 나는 글 쓰는 즐거움을 살짝 맛보았다. 글을 쓰는 것이 스트레스가 아닌 나 자신에게 힘을 줄 수 있음을 새롭게 알게 된 것이다.

10년 전 직장을 다니면서 어린 두 딸을 버겁게 키우며 힘들기도 하고, 아이들의 모습에서 행복을 느끼며 슈퍼우먼을 꿈꿔 왔던 내 지난날이 고스란히 담겨 있었다. 그때의 나는 나 스스로를 기특해하고 있었다. 이 글 하나로 10년 전 내가 바로 눈앞에 있는 듯하다. 나는 밤의 고요함을 고독으로 사색하며 멋진 미래를 밤하늘의 달과 별처럼 꿈꾸고 있었다.

2020년 5월 글을 쓰고 있는 지금의 모습도 10년 후 2030년에 내 앞에 다시 등장했을 때 나는 나에게 어떤 말을 건넬 수 있을까? '잘 걸어왔다. 오느라 고생했다. 남은 인생도 힘내자.'라는 말을 해 줄 수 있을까? 아빠가 우리에게 자주 하셨던 '욕봤다'라는 말로 격려하며 다시 힘차게 시작할 수 있을까?

얼마 전 독서토론 동아리 모임에서 정한 도서를 읽었는데 '나도 글을 한번 써 볼까'라는 마음을 먹게 하는 소설이 있었다. 내게 그 소설은 글쓰기에 대한 도전 의식을 살짝 돋우는 다소 어딘가 엉성한 소설이었다. 바탕화면의 한글 프로그램을 실행하여 이렇게 키보드 자판을 두더지잡기 하듯이 모음과 자음을 인정사정없이 두드리며 잠자고 있던 글쓰기 유전자 세포를 깨운다. 그리고 나의 뇌를 건드리면 언제든 뛰쳐 나올 준비가 되어 있는 낱말과 문장들이 100미터 달리기 출발선에서 엉덩이를 하늘로 높이 들고 준비하고 있는 상태였다가 땅! 총소리에 튀어나온다. 그렇지만 질서 없는 운동회를 시작한 것 같아 부끄럽다.

이런 내가 글을 쓰고 있는 이유는 살아온 흔적이 바람에 날아가기 전에 글로 잡아 두고 싶어서이다. 과거와 현재, 미래를 아울러 고스란히 글로 표현이 될지 자신은 없지만 한번은 글로 마음껏 달려 보고 싶다. 운동회 100미터 달리기 총소리의 신호가 슬슬 오고 있다. 총소리가 들리는 순간 나는 마음껏 글 타래를 풀 수 있을 것 같다. 달리기를 하는 순간은 누구의 도움도 누구의 간섭도 받지 않고 전력 질주할 수 있다. 달리다가 넘어지더라도 오롯이 그건 내 몫이고 내 영역이다.

글 쓰는 것이 내 전문 영역도 아닌데 언제부턴가 글을 쓰면서 내 마음이 편해지고 정리가 되는 걸 즐기고 있다. 물론 직장에서 업무 때문에 자판을 두드릴 때와는 차원이 다르다. 지극히 내 개인적인 이야기를 할 때에만 국한된다. 누군가 나의 글을 볼 수도 있다는 생각에 부끄러움으로 어깨가 움츠러들겠지만 나와 우리 아빠의 이야기, 우리 가족의 이야기를 누군가에게 들려주어도 부끄럽지 않다. 글을 쓰게 된 확실한 마중물은 우리 아빠다. 아빠를 추억으로 간직하고 싶어서, 우리 가족에게 아빠를 선물하고 싶어서이다.

아빠의 그림

　우리 가족은 아빠, 엄마, 나, 여동생, 남동생 다섯 명이다. 내가 태어난 70년대에 우리 가족의 경제 형편을 음수, 0, 양수가 있는 수직선 위어느 한 곳에 점을 찍어 본다면 어디쯤일까? 나의 체감지수는 0에서양수 쪽으로 조금 이동한 지점이 아니었을까 매겨 본다. 음수가 아닌이유는 학교 다닐 때 형편이 넉넉하지는 않았지만 그렇다고 우리 삼남매가 대학교를 졸업할 때까지 수업료가 없어서 휴학을 하거나 파트타임으로 용돈벌이를 해야 하는 상황은 아니었기 때문이다. 단, 우리에게 사치를 부릴 여유는 없었다. 살 집이 있고, 먹을 만큼 식량이 있었고, 부모님은 공부 뒷바라지를 거뜬히 해 주셨다. 부모님은 하늘이내어 준 삶의 숙제를 숙명으로 받아들이며 묵묵히 우리 가족에게 최선을 다하셨다.

　부모는 부모가 되는 순간 자식을 보살펴야 하는 새로운 숙제를 떠안게 되지만 부모가 자식에게 정성을 쏟는 것이 당연한 것은 아니고, 쉬운 일도 아니다. 가끔 부모가 그 역할을 다하지 않아 안타까운 가족의 모습을 뉴스를 통해 본다. 부모의 노릇이 당연하면서도 당연하지 않을 수 있음을 보면서 다시 한번 부모님에게 감사한 마음을 갖게 된다.

아빠는 평범한 가정의 가장으로서 이발관을 운영하시면서 가족의 생계를 이어 갔다. 아빠는 군대에서 미용 기술을 배워 전역 후에 그 기술을 이어 갔다. 1970년대 어려운 시대에 먹고살기 위한 직업으로 이발사라는 직업을 선택한 것일 수도 있다. 시작은 다른 사람이 운영하는 이발관의 보조로 일하며 기술을 익혔고 수년 후 아빠만의 가게를 차리게 되었다. 생각해 보니 아빠의 진짜 꿈이 무엇이었는지 물어본 적이 없다. 어쩌면 아빠의 꿈은 이발사였는지 모른다.

한마을에 사는 큰아버지는 가정 형편이 어려운 상황에서도 십 리 길을 걸어서 학교에 다니는 정신력을 발휘하여 면사무소에 취직하셨고 명예로운 정년퇴직을 하셨다. 아빠도 큰아버지와 비슷한 길을 가셨다면 힘든 이발만 하지는 않으셨을 텐데……. 아빠는 늘 이발관 손님들의 머리를 직접 감겨 주다 보니 손이 마를 날이 없고, 독한 염색약도 만져야 했다. 손톱이 거뭇거뭇하면서 희고, 손가락에 굳은살이 박힌 아빠의 손을 보며 만약이라는 함수를 생각해 본다.

아빠는 사실 투잡을 가졌다고 할 수 있다. 이발사 이외에 농부이기도 하셨다. 당신 이름 앞으로 논을 갖고 싶은 게 아빠의 작은 소망이었다. 아빠가 암 말기 진단을 받기 6개월 전 아빠 이름으로 된 논을 갖게 되었다. 아빠의 소망이 이루어진 것을 누군가 분명 질투하며 그런 시련을 준 것이 아닌가 원망스러웠다. 항상 남의 논에만 정성을 들이다가 아빠의 정성을 온전히 쏟을 수 있는 논을 갖게 되었는데 타이밍이 적절하지 않았다.

아빠는 입원 중에 집보다 논에 더 가고 싶어 하셨다. 논을 수시로 살펴야 하는 아빠에게 오토바이는 시골의 여느 어른들처럼 튼튼한 다리가 되어 주었다. 항상 집 대문 앞에 비스듬히 서 있던 오토바이의 자태가 그립다. 반듯하지 않고 살짝 한쪽으로 기운 채 서 있는 오토바이의 모습이 아빠의 모습 같다.

아빠의 학력은 국민학교 졸업이다. 아빠의 가방끈이 짧다고 내가 불편한 점을 느낀 적은 단 한 번도 없었다. 그러한 아빠를 부끄럽게 생각한 적도 한 번도 없었다. 1980년대 나의 국민학교 시절, 새 학년이 시작되는 3월이 되면 매번 가정환경 조사서를 작성한다. 지금 생각하면 웃음이 나오는 아이러니한 일이다. 요즘 그러한 조사서를 작성하는 학교가 있다면 학부모들의 민원이 빗발칠 일이다.

그 당시에는 가족의 호구조사와 가정환경을 샅샅이 조사하는 것을 이상하게 생각하지 않았다. 스승의 그림자도 밟으면 안 된다던 시절, 학교에서 선생님이 하는 말은 무조건 믿고 따라야 했던 시절이라 학교 차원에서 가정환경 조사서를 작성하는 것에 대한 의구심을 갖지 않던 시대였다.

가정환경 조사서에 부모의 최종 학력을 적는다. 부모의 직업도 당연히 항목에 있다. 현재 살고 있는 집이 자가인지 월세인지, 집에 피아노가 있는지, 저축해 둔 돈은 얼마인지 등등 가정의 사생활을 가정환경 조사서는 너무도 당당히 묻고 있었다. 이것이 아이들 교육과 무슨 관련이 있는 것일까? 좋은 의미에서 보면 가정의 구석구석 모든 상황을 학교에서 알아야 학습지도, 생활지도에 활용하는 데 도움이 된다는 의미인 것 같은데 과하다. 그게 과연 학생 교육에 얼마나 도움이 된다는 것인지⋯⋯. 나는 가정환경 조사서에 그다지 많은 것을 적지 못했다. 있는 것을 적어야 했기 때문이다.

그때는 괜찮았는데 지금은 안 괜찮은 일들이 참 많다. 교실에서 선생님이 쉬는 시간마다 교실에서 담배 연기를 내뿜으셨다. 학생들이 교실에 있는 상태였다. 그 당시는 간접흡연에 대한 심각성을 몰랐던 때인가 보다. 우리 담임선생님이 담배를 피우는 분이면 1년간 아이들은 어쩔 수 없이 간접흡연을 해야 했다.

국민학교 2학년 신체검사하는 날이 지금도 생생하다. 남학생, 여학생 가릴 것 없이 윗옷을 다 벗고 줄을 서 있다. 담임선생님이 우리들의 키, 몸무게, 가슴둘레를 자연스럽게 측정했다. 부끄러움은 우리의 몫이었고, 당연한 것이었다.

공중목욕탕에 다 큰 남자아이를 엄마가 데리고 가는 것도 당연하였다. 남자아이의 경우 몇 세까지 여탕 출입이라는 제한사항을 주인이 안내한 적도 손님들이 문제를 제기한 적도 없을 만큼 기준의 경계가 없던 시절이다. 그러다 보니 여탕에서 내 또래 남자아이를 만나는 것이 특이한 일이 아니었다. 그때는 괜찮았는데 지금은 안 괜찮은 일이 많다.

 아빠는 자식들의 교육에 관심이 아주 많은 극성의 부모도 아니고 아예 없지도 않으셨다. 크게 욕심을 내지 않았지만 적재적소에 새로운 배움의 길을 제시해 주셨다. 물론 나의 학창 시절에는 학원를 가야 하는 것이 당연한 세대이기보다는 교과서 중심으로 스스로 공부하면 노력한 만큼 길이 열리는 시기였다. 즉, 내가 노력한 만큼 열매를 거둘 수 있는 시스템이었다.

 나의 학원의 첫 시작은 호돌이 주산 암산 학원이었다. 우리 마을은 신작로가 있고 버스도 다니는 곳으로 나름 교통이 편리한 면 소재지였다. 국민학교까지 가는 데 걸어서 2분, 버스를 타는 곳까지 뛰어서 10초면 충분했다. 우리 마을은 소재지인데도 학원 하나 없었다.
 아빠의 교육열은 크게 욕심내지 않고 슬그머니 시작되었다. 수 계산 하나는 기본으로 해야 한다 생각하셨을까? 아빠 덕분에 나와 네 살 아래 여동생 영은이는 버스로 15분 거리에 위치한 주산 암산 학원이라는 새로운 세상에 입문하게 되었다. 우리에게 학원 수강에 대한 선택권은 없었던 것으로 기억한다.

 주산 암산 학원에 발을 들인 게 아마 내가 국민학교 4학년 때였을 거다. 4학년이 맞다면 영은이는 7살이었겠다. 어느 날 갑자기 아빠와 우리 둘은 면 소재지를 떠나는 버스를 탔다. 우리가 버스를 탈 일은 시내

목욕탕을 갈 때이다. 그때 이외에는 버스를 탈 일이 없는데 학원을 다니면서 매일 버스 타는 일이 생긴 것이다.

아빠는 때때로 대담하셨다. 버스를 혼자 타 본 경험이 없는 나에게 새로운 도전의 기회를 던진 것이다. 그리고 나는 선택의 여지 없이 그걸 내가 혼자 다 감당해 내야 했다.

둘째 날부터 아빠 없이 영은이 손을 잡고 버스를 타게 되었다. 나는 버스를 타는 순간부터 엄청 긴장했다. 어디서 내려야 할지 이쯤 가서 내릴 때가 되었나 긴장하였다. 주변 풍경은 이런 내 마음도 몰라주고 빠르게 지나가며 나를 약 올렸다. 그렇게 고민만 하고 있던 순간에 버스가 완전히 멈추었고, 기사님은 손님들에게 모두 내리라고 말하였다. 학원 있는 곳이 버스 종점지였던 것이다. 나는 그 순간 긴장이 풀렸다. 내가 느꼈던 긴장감은 부질없는 것이었다. 버스 창문 사이로 아빠와 함께 왔던 첫날 내가 보았던 가게의 간판들이 내 눈에 선명하게 들어오며 나를 안심시켜 주었다. 버스 타는 일이 이리 쉬웠나, 깊은 안도의 한숨을 내뱉었다.

문제는 학원이 끝나고 집에 돌아갈 때였다. 학원에 갈 때는 목적지가 종점이었지만 돌아갈 때는 지나가는 중간지점에 집이 있어서 집 앞에서 내리지 못하면 새로운 낯선 곳에 떨어질지도 모른다. 아빠는 두 딸을 보내 놓고 마음 졸이셨을까? 만약 집이라는 목적지를 놓치고 쭉 갔다면 우린 어떻게 되라고 그 먼 길을 우리 둘만 보내셨을까? 지금 생각하면 조금은 아찔한 일이기도 하다. 미아가 될 수도 있었다. 아빠는 큰일도 대수롭지 않은 일로 만드는 다소 모험적인 면이 있었다.

친정은 정읍 면 단위 마을이고 시댁은 부안 읍내이다. 친정과 시댁 사이의 거리가 20분 이내인 사람이 많지는 않을 것 같다. 그 중간지점에 주산 암산 학원이 있었다. 현재 그 학원은 문 닫은 지 오래다. 친정과 시댁을 오갈 일이 있을 때 그 당시 학원행 버스를 타고 다니던 추억을 음미하곤 한다. 흩어진 추억은 들꽃 내음처럼 은은하게 시골 정취와 하나 되어 내 마음 한편에 담겨 있다.

내 기억으로 나는 주산 4급 자격증을 취득하였고, 3급은 국민학생에게 어려워 시험을 볼 정도의 실력은 안 되었다. 3급 주산 과정에는 상업 계산이 주였고, 왼손 엄지와 검지손가락으로 한 장씩 점표를 넘기며 오른손으로 동시에 주판을 튕겨야 했다. 이 루틴을 어느 정도 비슷하게 흉내는 냈는데 문제는 상업 계산 분야에서 비율을 적용해 여러 단계의 계산 과정을 거쳐야 하는 어려운 문제들이 내 머리를 혼란스럽게 했다. 지금 생각해 보니 그 나이대에 맞지 않는 버거운 과정이었던 것 같다. 이건 내가 넘을 수 없는 산이었다.

아빠 하면 떠오르는 것 중 하나가 바로 주판인 이유가 이러하다. 나도 나의 딸들에게 주판이라는 추억을 주고 싶었다. 그래서 딸들이 초등학교 4학년, 6학년 여름방학일 때 주판을 들이밀었다. 예상과 달리 나의 딸들은 내가 내민 주판을 마다하지 않고 관심을 보였다. 관심이 오래가지 않았지만 새로운 경험을 한 것으로 만족했다.

국민학교 6학년 시절 여느 때처럼 학교가 끝나고 집에 왔다. 아마 그 날 내 입이 귀에 걸린 날이었을 것이다. 크리스마스도 아니고 내 생일도 아닌데 생각지도 못한 선물이 도착해 있는 것이다. 검은색 피아노가 거실 한쪽 벽에 붙어 우리 집 거실 한 자리를 크게 차지하고 있었다. 우리 집은 피아노를 살 정도로 살림이 넉넉하지 않았다. 그런데 우리 집에 그러한 거물이 어떻게 오게 됐는지 궁금해할 겨를도 없이 나는 피아노를 내 눈에 담느라 정신이 없었다.

그날 이후로 피아노 연주 소리가 우리 집에 가득했다. 그 피아노는 광주에 사는 외삼촌이 중고로 60만 원을 주고 샀다고 했다. 그 덕분에 나는 대학을 졸업하고, 취직하여 5년간 아빠 엄마와 함께 살 때까지도 그 피아노와 함께했다. 결혼과 동시에 집을 떠나게 되면서 내가 없는 집에 피아노는 피아노 역할을 더 이상 하지 못하고 짐이 되었다.

어느 날 갑자기 피아노가 사라졌다. 아빠가 나에게 묻지도 않고 다른 누군가에게 준 것이다. 피아노 의자 뚜껑 아래에 있던 나의 손때 묻은 악보들도 모두 세트로 누군가의 몫이 되었다. 그때의 서운함은 잊지 못한다. 누구에게 줬냐고 물어봐도 아빠는 묵묵부답이었다. 아마 정말 필요한 사람들에게 나눔을 한 것이었으리라.

아빠는 자선사업을 하는 사람인가 싶을 정도로 남에게 퍼 주는 것을 좋아하신다. 그래도 악보라도 남겨 놓고 주시지 하는 서운함은 여전하다. 그렇지만 잘 사용할 수 있는 사람에게 갔겠지 싶어 피아노에 대한 미련을 버렸다.

그 피아노 덕분에 영은이는 나의 가르침으로 찬송가를 연주할 수 있게 되었고, 6살 아래인 남동생 지용이는 나에게 혼나 가며 바이엘을 배웠다. 내가 피아노를 연주할 수 있게 되면서 자연스럽게 동생들은 나의 제자가 되었고, 잔소리를 들어가며 피아노를 배워야 했다.

마을 소재지에는 피아노 학원이 없었다. 나의 첫 피아노 레슨이 시작되었다. 개인 피아노 레슨이 우리 집 형편에 맞는 일은 아니었을 텐데 아빠는 욕심을 조금 내신 듯하다.

나의 피아노 첫 선생님은 학원 강사도 아니고 피아노를 전공한 분도 아니었다. 우리 집에서 신작로로 나와서, 찻길을 건너 언덕길을 한참 올라가서, 우리 동네에 유일하게 있는 병원을 지나 양쪽으로 소나무가 가득한 좁은 숲길을 지나다 보면 평지보다 조금 낮은 곳 멀리 외딴 기와집이 눈에 들어온다.

햇살이 강하게 내리쬐는 맑은 날, 잔잔하면서도 경쾌한 배경음악이 나오고, 땅의 흙을 걷어차며 신나게 발걸음하는 나의 모습들이 기억난다. 내게 그날은 영화의 한 장면으로 그려지는 설레는 날이다.

옛날 양반들이 살았던 집처럼 끼익 소리가 나는 대문을 열고 돌 턱에 넘어지지 않으려 신경 써서 한 발 넘으면 그제야 그 집에 들어설 수 있다. 마루를 딛고 올라가면 방 한편에 피아노가 자리 잡고 있었다. 선생님과의 첫 만남, 첫 레슨이 시작되었다. 그렇게 나의 호기심과 설렘으로 피아노 레슨이 시작되었고, 아빠의 결단으로 나의 음악 인생의 첫걸음도 시작되었다. 아빠는 내가 새로운 시작, 도전을 할 수 있도록 징검다리를 놓아 주셨고 묵묵히 응원해 주며 든든한 지원자가 되어 주셨다.

아빠는 우리가 모르는 아빠만의 하얀 도화지를 가지고 계신 게 틀림없다. 우리라는 것은 바로 삼 남매를 말한다. 그 도화지에 우리 삼 남매를 주인공으로 정하여 밑그림을 조금씩, 색칠을 조금씩 하고 있었던 것이다.

큰 그림의 완성은 내가 초등학교에서 교편을 잡는 것이었다. 아빠의 조언대로 나는 교대에 가게 되었다. 아빠는 기쁘셨을 텐데 감정을 크게 내색하지 않으셨고, 자식들에게 생색내며 아빠로서의 역할을 잘했지 않느냐는 자랑 비슷한 것도 전혀 비치지 않으셨다. 아빠의 감정 표현 방식이다.

자식이 잘 자라 준 것만으로도 고맙고, 독립해서 사회에서 제 앞가림할 수 있게 되어서 흐뭇한 마음을 갖는 것이 부모의 자연스러운 이치가 아닐까, 자식이 힘들게 고생해서 번 돈을 용돈으로 받아도 아까워서 쓰지 못하고 부메랑처럼 자식에게, 자식의 자식에서 환원하려는 게 부모의 마음이 아닐까.

적어도 아빠는 자식들에게 손 한 번 벌린 적 없으셨고, 경제적인 어려움이 있는 자식이 있으면 어떻게든 도움이 되고자 하셨다. 아빠가 대장암 말기 진단을 받고 나와 상경하여 대장내시경검사를 하기 전 화장실을 자주 들락날락하시던 와중에 우연히 아빠 핸드폰의 문자 소리를 듣고 자동으로 확인할 때가 있었다. 올케에게서 50만 원이 입금되었다는 내용이었다. 지용이가 결혼한 후 아빠는 경제적인 도움을 주고 계셨다. 물론 자식이라고 해서 있는 돈을 다 퍼 주는 건 옳지 않았다고 생각하셨는지 은행처럼 빌려주고 월별로 얼마씩 받고 계셨던 것 같다. 짐작건대 아빠는 아들에게 돈을 꼭 받으려 하기보다 가장으로서 책임감을 갖고 살라는 깊은 뜻을 가지고 있었을 것이다.

내가 교대를 졸업해서 교사 생활을 하게 되면서 아빠의 큰 뜻을 알게 되었다. 어렸을 때부터 '너는 초등학교 선생님이 되어야 해'라고 꿈을 나에게 강요하신 적이 없었다. 그런데 아빠가 만들어 놓은 길을 걷다 보니 나의 꿈길의 도착 지점은 초등학교 교사였다.

아빠가 만든 퍼즐 조각은 이렇지 않았을까? 내가 교대를 갈 정도로 공부를 곧잘 하니 선생님이 되어서 꼭 해야 하는 피아노 연주를 할 수 있어야 하고, 주산을 배워 수 계산에 능숙해야 하고, 한자를 익혀 국어 이해 능력을 키워야 한다는 퍼즐 말이다.

가끔 슬며시 웃음 짓게 하는 추억이 있다. 6학년 여름방학 때 동네에 있는 복지회관에서 한자를 배우게 되었다. 한자 역시 아빠의 그림이었다. 그곳에는 훈장님이라고 불러야 하는 선생님이 계셨다. 훈장님은 내 눈에 할아버지처럼 보였고, 갓 비슷한 모자를 쓰고 계셨다. 그리고 피부는 검고, 코 옆에 큰 점이 자신의 존재감을 알리려는 듯 툭 튀어나와 있었다. 그리고 한 손에는 매일 지시봉을 들고 계셨다. 훈장님이라는 말이 정겨웠다.

하루에 40개의 한자를 무조건 익혀야 했다. 읽고 쓰고 외우는 것을 반복하였다. 한 줄에 네모 칸 10개가 있는 한문 공책에 그날 외워야 할 한자들을 줄 세워 첫 줄에 적은 후 쓰고 또 쓰고를 반복하였다. 손에 힘을 주어 연필을 꾹꾹 눌러 쓴 종이를 넘기면 나뭇잎처럼 바스락 소리가 날 정도였다. 나에게 흐뭇한 소리였다. 내 인생 그때 최고로 열심일 때였다. 오죽하면 국민학교 6학년 때 시험공부 한 다음 날 코피를 흘렸을까. 공부하다가 코피 흘려 본 건 그때가 처음이자 마지막이었다. 공부 욕심이 많았던 나는 한 달 동안 한문 공책을 10권 이상을 쓰는 전례 없는 기록을 만들었다.

아빠 덕분에 한자를 배우게 되었고, 지금도 한자에 대한 거부감이 없다. 항상 가까이하지 않아서 음과 뜻이 가물가물하지만 언제든 다시 한자를 배우고 싶은 마음은 있다.

아빠는 신문을 보면서 옥편을 가까이하셨고 모르는 한자가 있으면 찾아서 신문 위에 써 보기도 하셨다. 아빠는 가끔 나에게 무슨 한자인지 물어보기도 하셨다. 아빠와 그런 얘기를 하는 게 즐거웠다.

나의 지나온 세월의 여정에는 언제나 아빠가 함께했다. 어느 가정이든 부모가 자녀에게 큰 영향을 주는 것처럼 아빠는 나의 삶 길목마다 중요한 순간에 나에게 나침반이 되어 주었다. 나의 철없는 시절에 아빠의 나침반 역할을 때로 이해하지 못해 서운하여 아빠의 마음에 상처를 낸 적도 있었지만 지금 생각해 보니 아빠의 선택은 항상 나를 위한 것이었다. 그러한 일이 나의 아빠니까 당연하다고 생각하다가도 모든 아빠가 그러한 것은 아니었으리라 생각하면 아빠의 부정은 부정할 수 없다.

아빠의 중앙이발관 •

아빠를 닮았다

아빠는 나를 닮았다. 아니 아빠의 유전자를 내가 받았으니 내가 아빠를 닮았다. 대학 시절 한껏 폼을 잡고 찍은 사진 속 나의 모습과 아빠의 청년 시절 사진 속 모습은 너무도 비슷하다. 아빠는 남자, 나는 여자인데도 성별을 뛰어넘어 닮았을 정도로 어딘가 공통점이 있다.

어렸을 때부터 여동생 영은이는 예쁘다는 말을 많이 들었던 반면 나는 그런 얘기를 들어 본 적이 없었다. '엄마보다는 아빠를 더 닮아서 그런가'라는 생각을 한 적도 있다. 아빠와 나는 눈에 쌍꺼풀이 없는 작은 눈을 가지고 있다. 대학 시절 가끔 쌍꺼풀 테이프에 의지한 것도 쌍꺼풀이 없는 내 눈이 뭔가 밋밋해 보여서였다.

나중에 외모 업그레이드를 위해 대학교를 졸업하자마자 안과로 달려갔고 눈 내리는 어느 겨울 화창한 날, 선글라스를 쓴 채 버스를 타고 평범하지 않은 경험을 한 것도 따지고 보면 아빠와 나의 교집합 유전자 때문이다.

콧날은 매끈한데 콧대가 높지 않은 것도, 외모콤플렉스의 경계를 넘을 듯 말 듯 한 정도로 입이 살짝 튀어나온 것도 아빠를 닮았다. 사진

속 아빠의 모습은 아직도 20대 청년이다. 젊은 청년이라는 것만으로 아빠의 자유분방함이 세월을 뚫고 전달된다. 과거 사진 속 아빠는 현재의 상황을 꿈에도 생각하지 못한 채 활기차기만 하다.

나의 대학교 시절 졸업을 앞두고 잔뜩 멋을 내고 찍은 프로필 사진을 보면 얼굴도 포즈도 아빠의 군대 시절 찍은 사진과 거의 비슷하다. 대학교 시절 나는 바지를 즐겨 입었고, 졸업 앨범 프로필사진을 찍을 때도 정장 바지를 입었다. 무난한 무채색 계열의 정장이 아니었다. 진 갈색에 연한 색의 꽃무늬가 있는 옷은 결코 평범한 스타일이 아니었다. 나의 패션 센스가 없음을 그대로 보여 주고 있다.

언제부터인가 사진을 찍는 게 싫다. 갸름한 얼굴은 탄력이 떨어져 사각턱이 되어 가고 머리숱은 출산 이후 급격하게 적어졌다. 14년 전 라식수술 이후 노화가 찾아오면서 눈앞에 날파리가 아른거리는 비문증이 찾아왔다. 의사 선생님 말씀으로는 '빈대 없애기 위해 집을 태울 수는 없다'라고 하시며 빈대와 함께 남은 인생을 적응하며 상부상조해야 할 것 같다는 진단을 내리셨다. 따스한 햇살이 포근하게 비출 때 햇살을 그대로 즐길 여유보다는 햇빛 앞에서 더 선명히 모습을 드러내는 날파리들이 자신의 존재감을 뽐낸다. 숙취 때문에 컨디션이 바닥일 때는 그 틈을 비집고 날파리들이 방문한다. 그렇다고 선글라스를 꼬박꼬박 챙길 정도로 부지런하지 않다.

20대 아가씨 시절에는 셀카 사진으로 개인 홈피를 도배했지만 이제는 누군가에게 보여 주고 싶은 셀카 사진이 한 장도 없다. 앞으로 남은 인생 중에서 지금이 가장 젊고 아름다우니 오늘, 지금 사진을 많이 찍으라는 말에 공감은 가지만 선뜻 카메라를 가까이하고 싶지 않다. 그렇지만 나의 사진이 딸들에게 엄마와의 추억을 선사할 수 있다면 적어도 사진 몇 장 정도는 남겨야 하지 않을까 싶다. 아빠가 그리울 때마다 내가 보는 사진들이 내 인생에 마음의 위안을 주고 있는 것처럼 말이다. 사진 속 아빠의 모습에서 내 모습이 문득 스쳐 간다.

최근에 나는 맹장 수술을 하였다. 가족 중 맹장 수술을 한 사람은 아빠와 나뿐이다. 이것도 나는 아빠를 닮았다. 아빠가 맹장 수술로 입원했을 때 나와 단둘이 있는 시간이 많았다. 진지한 이야기보다는 일상적인 생활에 대해 묻고 답하는 정도가 대부분이었다. 그래도 같은 공간에 있는 것 자체가 서로에게 위안을 주고 있음을 나는 안다. 아빠는 술을 마시지 않은 맨정신일 때는 조용한 편이다. 사람은 상황에 따라 외향적이냐 내향적이냐 달라질 수 있다는데 우리 아빠가 딱 그런 것 같다. 아빠의 성격은 많이 내향적인 듯, 많이 외향적인 듯, 한 가지라고 설명할 수 없다. 그런데 내가 아빠 성격을 그대로 닮았다.

사람들에게 너는 내향적이냐, 외향적이냐 하고 물어보면 선뜻 답하지 못한다. 두 가지 성향을 다 가지고 있기 때문이다. 내 나이 43세, 나는 나이 40을 기준으로 40세까지는 내향적이고 그 이후에는 외향의 기미가 조금 나타나고 있지 않은가 싶다. 나의 외향성은 나와 마음을 진심으로 주고받는 사람들과 함께할 때, 나를 믿는 사람들과 관계를 맺을 때 반응하는 것 같다.

반면 소심할 때는 소심함의 끝을 보일 정도로 엄청 소심하다. 마음 속에 생각하는 것을 겉으로 표현하지 않는다. 다른 사람의 시선을 의식할 때가 있다. 실패하는 것을 두려워하여 시작조차 하지 않을 때가 있다. 미래에 일어날 일을 미리 고민한다. 아빠에게도 나에게도 이런 면이 있다.

이외에도 아빠와 나는 비슷한 면이 참 많다. 성격이 급하고 털털한 것, 무뚝뚝하면서 다른 사람을 챙기는 것도, 술 한 잔 들어가면 말수가 많아지는 것도, 뭔가를 대충 하고 싶을 때는 대충 하고, 힘을 쏟아야 하는 일이 있을 때는 집중력을 높이는 것, 성실하고 책임감 있게 행동하는 모습도 비슷하다. 지금의 나는 또 다른 아빠의 모습이기도 하다. 내가 아빠의 성격을 닮았다는 것을 부인하지 못하겠다.

아빠의 유전자가 나에게 영향력을 발휘하고 있는 것이 또 있다. 바로 요로결석을 내가 물려받은 것이다. 아빠는 요로결석이 있어서 엄청 고생하셨다. 나는 요로결석으로 벌써 두 번이나 병원에 실려 갔다. 20대 중반쯤 한 번, 40대 초반에 두 번째였으니, 세 번째 요로결석의 반갑지 않은 방문은 아마 60대쯤이 되지 않을까 싶다. 무섭다. 어마어마한 통증 때문에 '지금 죽어도 좋겠다'라는 바람을 가질 정도였으니 요로결석이 훑고 지나가면서 만든 통증은 정말 겪어 보지 않은 사람은 모를 고통이다. 무통 주사 효과 없이 둘째 가율이를 출산할 때 느꼈던 고통은 요로결석에 비하면 아무것도 아니다. 세 번째 요로결석이 온 순간에 나는 아빠를 사무치게 그리워할 것이다.

아빠도 나도 바다보다는 산을 좋아한다. 아빠와 함께 마을 근처 산을 함께 오르곤 했다. 아빠는 산을 오르면서 뒤를 따라가는 나를 위해 가끔 긴 막대를 휘둘러 나무의 잔가지들을 걷어내 주셨다. 큰 바위에 앉아 산 내음을 맡으며 가족 이야기, 건강 이야기, 동네 사람들 이야기, 나의 직장 생활 넋두리 등의 이야기가 오갔다. 아빠는 나에게 든든한 인생 선배로서 조언을 아끼지 않았다. 직장 생활하면서 부모님과 함께 살 때에는 이런 소소한 동행이 가능하였지만 내가 결혼과 동시에 전주로 오게 되면서 아빠와 동네 산을 오르는 일은 많지 않았다. 아니, 거의 없었다.

얼마 전 내가 4년 대학 시절을 보냈던 대학교에서 딸 가연이가 한자능력시험을 응시하는 일이 있었다. 나는 4년간 학교 근처에서 자취 생활을 하였다. 가연이가 시험을 보는 동안 내가 살았던 집이 궁금하여 둘러보기로 하였다. 그런데 한참 동안 골목길을 거닐었지만 그 집은 보이지 않았다. 놓쳤나 싶어 왔던 길을 다시 되돌아보며 천천히 찾아보았다. 그 집은 보이지 않았다. 나도 변했고, 세상도 변했다. 그사이 집이 없어질 것이라는 생각은 못 했다. 당연히 있을 것이라고 기대했는데 없는 걸 확인하는 순간 지나간 세월을 탓하였고, 게으른 나를 탓하였다. 그사이 한 번쯤 와 봤다면 나의 추억이 깃든 그 집을 눈에 담아 두었을 텐데…….

아쉬움에 터벅터벅 골목을 거닐다 내가 자주 사용했던 공중전화기를 발견했다. 20년이 넘도록 공중전화기는 그 자리를 꿋꿋이 지키고 있었다. 4년 동안 공중전화의 수화기를 얼마나 들었다 놓았다를 반복했을까?

적어도 하루에 한 번 이상 나는 공중전화기를 찾았다. 자취방에 유선전화가 없었고, 가족과의 유일한 소통 수단은 삐삐였다. 지금 생각해 보니 이름이 괜히 삐삐가 아니다. 요즘처럼 케이팝과 같은 음악이 흘러나오는 게 아니라 핸드폰의 다소 건조한 기본 설정 알림음에 가까운 삐삐 소리였다. 삐삐 음성을 확인하기 위해 공중전화기로 달려가는 길은 마치 택배 포장을 뜯는 기분쯤 된다. 누구에게 온 줄은 알지만 내용물을 몰라 기대하게 되는 상황 말이다.

그런데 무심하고 무뚝뚝한 나는 아빠에게 엄마에게 얼마나 자주 전화를 했나 반성해 보게 된다. 아빠가 아프셨을 때도 나는 전화를 자주 하여 아빠의 안부를 수시로 확인하는 다정한 딸은 아니었다. 지금 그게 가장 후회가 된다. 좀 더 살갑게 아빠한테 다가갔다면……. 나는 표현에 서툴고 인색한 편이다. 아빠도 그렇다. 우리 가족들은 모두 애정을 표현하는 것에 익숙하지 않다. 아빠는 평소 성격이 무뚝뚝하신 편이지만 술 한잔 들어가면 이야깃거리를 한가득 쏟아 내시는 편이다.

말투만 보면 자식을 혼내는 것 같지만 이면에는 걱정과 사랑이 넘친다는 것을 나는 누구보다 잘 알고 있다. 아빠만의 대화 방식이다. 옛날 전형적인 아버지의 모습이기도 하다.

우리 삼 남매 역시 그러한 가족 분위기에서 살아왔기 때문에 또한 그렇다. 모두 서로 사랑하고 걱정하는 것은 알겠는데 표현하는 것에 쑥스러워하고 낯설어한다.

내가 대학교에 입학하면서 장학금을 받고, 졸업 후 바로 교사로 발령을 받았을 때도 아빠는 '잘했다'라는 말 한마디가 아닌 아빠만의 방식으로 축하를 듬뿍 해 주셨다. 말이 없어도 그냥 느껴졌다. 아빠가 나를 자랑스러워하고 있구나. 영은이도 나도 술자리에서 항상 하던 말 중 '그런 아빠가 너무 든든했고 좋았다'라고 약속한 듯이 한목소리로 말하곤 한다.

고등학생이 되면서 집을 떠나 낯선 3년간의 기숙사 생활을 할 때도, 대학교 4년 자취를 하며 홀로서기를 했을 때도, 아빠는 항상 나에게 든든한 존재였다. 내가 있는 곳에 자주 들르지 않으셨어도 멀리서 아빠가 살펴 주고 응원하고 있음을 알아차렸다.

이러한 내 성격으로 아빠에게 감사한 마음, 사랑의 마음을 직접 말로 표현하는 일은 낯설고 힘든 일이었다. 대학교 1학년 때 아빠에게 편지를 쓴 적이 있다. 아빠에게 표현하지 못했던 마음을 편지를 빌어 전한 것이다. 아빠 얼굴을 직접 보며 애교 섞인 말투로 간드러지게 표현해 본 적 없는 나에게 편지는 좋은 방법이었다.

직장 생활을 시작하면서 부모님과 5—6년간 함께 생활하였다. 집 정리를 하다가 내가 대학교 1학년 때 아빠에게 쓴 편지를 우연히 보게 되었다. 흰색 규격 봉투에 우표가 붙어 있었다. 우표가 붙어 있다는 것은 아빠에게 직접 건네지 않고 우체국을 통해 전달됐다는 표시이다. 먼 길을 돌아 힘들게 달려온 진심이 담긴 편지였다. 편지 한 장이 수줍게 담겨 있었다. 과거의 나를 마주하는 것이 부끄러웠다. 감동적이게도 아빠는 내 편지를 고이 간직하고 계셨다.

　아빠는 요즘 말로 츤데레다. 말투에 달콤한 맛은 없지만 그 어떤 솜사탕보다도 달콤했던 것을 나는 안다. 내가 결혼한 지 얼마 지나지 않아 혼자 친정집에 들렀을 때 아빠가 집에 계셨다. 아빠와의 짧은 만남 뒤 집을 나섰다가 놓고 온 물건이 생각나 다시 되돌아왔을 때 나를 배웅했던 마당에서 눈물을 흘리는 아빠의 모습을 보았다. 운전하고 집으로 돌아오는 길에 나도 울었다.

　아빠와 나는 닮았다. 남몰래 혼자 눈물을 훔치는 것까지도 닮았다.

아빠의 중앙이발관 (1)

아빠는 소재지 중앙이발관을 항상 지키며 언제나 마을의 중심 역할을 하였다. 아빠는 군대에서 배운 이발 기술로 군대 생활을 마쳤고 그 기술로 우리 가족의 생계를 유지하였다. 우리 집 세탁기에 자주 들락날락하는 이발관 수건들을 마주하는 일은 흔한 일이었다. 매일 빨래한 수건을 널고 개는 일은 우리 삼 남매 몫이었다.

우리 삼 남매 모두가 기억하는 것 중 하나는 유치원, 국민학교 시절 학교가 끝나면 참새가 방앗간을 못 지나치듯이 이발관을 들르는 일이다.

문을 빼꼼히 열고 아저씨들의 굵은 목소리들 사이를 비집고 "아빠 50원만."이라는 수줍은 말을 한 끝에 50원짜리 동전을 손에 꼭 쥐고 부푼 마음으로 바로 옆 수정문구 가게로 뛰어갔다. 그때의 발걸음은 항상 가벼웠다.

마을 소재지에 유일하게 구멍가게 하나가 있었는데 가게 이름이 수정문구였다. 유독 이발관을 자주 들렀던 영은이는 지금도 아빠 친구들을 만나면 "얘가 그 50원짜리? 네가 벌써 이렇게 많이 컸냐?"라고 말씀하신다. 그 이야기가 정겹고 그리워진다.

아빠는 가끔 새벽 손님을 맞이하기도 하였다. 아침 일찍 문을 두드리며 "나 오늘 서울 갈 건데 머리 좀 해 줘."라는 손님의 말을 잠결에 들은 적이 있다. 아빠는 동네 사람들의 대소사를 알고 싶지 않아도 자연스럽게 알게 된다. 오늘 어떤 집에 무슨 행사가 있는지, 모임이 있는지……. 그래서 소재지 중앙에 있는 아빠의 이발관은 이름이 중앙이었나 보다.

아빠는 이발관을 운영한 소득으로 우리 삼 남매의 뒷바라지에서 그치지 않고 형의 자녀들, 조카들에게도 경제적 도움을 주셨다고 한다. 마을의 모든 경조사에는 빠지지 않고 얼굴을 내밀 정도로 아빠는 의리 있는 사람이었다. 다른 사람들의 처지에 관심을 가지고 애정을 쏟는다는 게 쉬운 일이 아니다. 아빠에게는 늘 베풂과 사랑이라는 따뜻함이 있다.

아빠가 군대 휴가 중 폭우가 쏟아진 어느 날 물에 떠내려가는 남자아이를 구한 일이 있었다. 자신도 위험할 수 있는 상황에서 아빠는 한 생명을 살렸다. 그 남자아이는 어른이 되어 아빠의 은혜를 잊지 않고 명절마다 아빠를 찾아와 감사한 마음을 표현해 오고 있다. 아빠는 그런 사람이다.

1980년대 나의 유치원 시절, 우리 가족은 한 지붕 세 가족 중 한 집이었다. 엄마와 함께 사는 대은이네도 그중 한 집이었고, 나와 동갑인 대은이는 유치원 때까지 그곳에 살았다. 대은이는 아빠를 따뜻한 사람으로 기억하고 있었다. 아빠가 어린 대은이에게 노란 주전자를 손에 쥐여 주며 막걸리 심부름을 시켰다. 막걸리를 사서 돌아오는 길에 호기심에 한 모금 먹어 보고 달짝지근한 맛에 반해 계속 먹다가 취기를 느꼈고, 오는 길목 어딘가에서 누워 잠을 잔 기억이 있다고 했다. 아빠는 매번 막걸리값보다 더 많은 돈을 주었고, 남은 돈은 자연스럽게 대은이의 용돈이 되었다. 아빠는 대은이를 챙긴 것이다. 대은이는 어린 나이에도 불구하고 아빠의 그런 마음을 느꼈다고 했다. 아빠는 막걸리가 아닌 다른 방법으로도 대은이를 항상 챙겼던 것 같다.

아빠의 별명은 권 박사였다. 아빠는 가정 형편이 어려워 국민학교를 졸업했지만 한문에 관심이 많고 신문을 매일 읽으며 정치 흐름을 읽고 평도 하셨다. 우리 삼 남매에게 입버릇처럼 가장 많이 한 잔소리 중 하나가 바로 신문을 항상 가까이하라는 것이었다. 아빠는 병원에 계시는 동안에도 신문 읽기를 게을리하지 않았다. 병마와 싸우면서 체력이 달리는 상황에서도 사회 돌아가는 흐름을 놓치지 않기 위해 신문에 출석 도장을 매일 찍으셨다. 그래도 출석 도장을 찍으실 때가 그나마 컨디션 상태가 좋으셨던 것을 나중에 알았다. 신문으로 배운 상식, 정치 이야기들은 술을 좋아하시는 아빠의 술자리에서 안주가 되었고, 자신감이었다. 담 넘어 들리는 아저씨들의 목소리 모두를 뚫고 아빠의 목소리가 뚜렷이 들릴 정도였다. 하루의 일을 마치고 사람들과의 만남과 술, 가끔은 화투로 친목을 다지면서 다음 날 다시 일을 시작하게 하는 활력을 되찾기도 했다.

술자리를 좋아하는 아빠 때문에 가끔 집안이 시끄러울 때도 있었다. 그날 우리 집은 비상이다. 밤 10시, 11시 시간이 늦을수록 엄마는 걱정이 한가득이다. 결국 아빠는 만취 상태로 들어오셨고 인사불성이 된 아빠는 엄마의 잔소리를 자장가 삼아 주무셨다. 다음 날 아침 큰 목소리로 고래고래 소리 지르던 아빠의 모습은 온데간데없었다. 음주 여부에 따라 아빠의 모습은 많이 달랐다. 술은 분명 아빠에게 또 다른 세상의 에너지를 주는가 보다.

권 박사가 운영하는 이발관은 마을버스를 기다리는 사람들의 휴식처이면서 의자가 되어 주었다. 80년대에는 버스 정류장에 앉아서 기다릴 수 있는 의자가 없었다. 서서 버스를 기다리다 버스가 오면 그제야 앉을 수 있었다.

버스 정류장 옆 중앙이발관은 항상 버스와 사람이 오가는 곳의 중심이 되었다. 그리고 아빠는 늘 중앙이발관에 계셨다.

아빠의 중앙이발관 •

아빠만의 DNA

어른이 되어 지금 생각해 보니 아빠는 보통 사람이 아니었다. 지금 생각해도 아빠의 행동 중에 오래 기억하고 있는, 다른 집에서는 볼 수 없는 유별난 행동들이 있다.

어린 시절 내가 보았던 장면은 이렇다. 투명하고 몸통은 좁은 원기둥이고 원기둥의 윗부분이 좁아지면서 끝이 뾰족한 아기자기한 유리병을 가끔 보았다. 그 병을 내가 본 날은 아빠가 컨디션이 안 좋은 날이다. 병 윗부분을 깬 후 열린 입구로 주삿바늘을 넣어 약을 빨아들인다. 그리고 윗부분이 막혀 있는 다른 유리병 입구에 주삿바늘이 뚫고 들어가 추가로 약을 빨아들인다. 그 두 가지 약을 섞어 주사기로 약을 빨아들인 후 아빠는 일어선다. 일어선 채 바지 오른쪽만 살짝 내린 후 아빠가 엉덩이를 볼 수 있도록 몸통을 비튼다. 오른손에는 방금 전 약으로 채워진 주사기가 쥐어져 있다. 그 상태에서 아빠의 오른쪽 엉덩이에 주삿바늘을 꽂은 상태에서 피스톤을 밀어 약을 주입한다.

스스로 본인 몸에 그것도 엉덩이에 직접 주사하는 일은 흔하지 않다. 보통은 배나 팔에 주사를 놓지 않던가? 그건 아빠만 할 수 있는 행위였다.

나는 2001년 3월 2일 E 초등학교 교사로 발령을 받았다. 고등학교 기숙사 생활 3년, 대학교 4년, 모두 7년 동안 집을 떠나 생활하다가 직장에 다니게 되면서 부모님이 살고 있는 집으로 다시 들어와 6년간 살게 되었다. 운이 좋게도 학교와 집이 차로 10분 거리여서 부모님과 함께 지낼 수 있었던 것이다. 집에서 학교를 향해 10분간 차로 이동하다 보면 마을 이름이 바뀐다. 버스를 타고 가는 길에 큰 건물들이 간혹 있지만 넓게 펼쳐진 논이 대부분이다. 사실 나는 E 중학교에 다니던 중학생 시절 그 길을 버스로 3년간 등하교를 하였다. E 중학교는 집과 E 초등학교의 중간쯤에 위치해 있다. 그래서 1년 사계절의 풍경을 세 바퀴 이상은 보았다. 봄여름에는 푸르고, 가을에는 노랗다. 겨울에는 다음 해 봄을 맞이하기 위해 휴식을 취하고 있는 논의 모습을 보았다.

학교로 출근하면서 자가용이 없어 버스에 몸을 실었다. 대학교를 졸업하던 해 2월에 취득한 운전면허증이 있었지만 아직 세상에 나올 타이밍은 아니었다. 버스의 거친 엔진 소리와 진동의 느낌을 엉덩이, 온몸으로 느꼈다. 버스의 기어변속으로 앞뒤로 몸이 출렁거리는 것을 몇 번 느끼다 보면 어느새 목적지인 E 초등학교 근처 면사무소 앞 버스 정류장에 도착한다. 그렇게 약 6개월을 버스와 함께했다.

아빠의 중앙이발관 •

어느 날 버스 출퇴근 6개월 만에 내 차를 갖게 되었다. 갑자기 내게 쥐색 빛깔의 중고차가 생긴 것이다. 중고차의 출처는 나도 정확히 모른다. 빚 대신 차로 받았다고 한 것 같기도 하다.

면허 취득 후 혼자 운전한 경험은 전무한 상태라 특단의 조치가 필요했다. 인근 마을 아빠의 지인에게 주말마다 속성 운전 과외를 받게 되었다. 뭐든지 처음은 두렵고 설렌다. 더군다나 내 차는 수동이어서 걸핏하면 시동이 꺼지곤 하였다. 특히 오르막길에서는 긴장을 하지 않을 수가 없다. 오르막길 중간에서 잠시 정차했다가 다시 출발해야 하는 상황은 마치 청룡 열차가 최고조를 향해 천천히 딸깍딸깍 수레의 맞물림 소리를 내며 '나 곧 내려가요'라고 말하고 있는 아찔아찔한 상황이나 다를 바 없다. 오르막길에서 클러치와 엑셀을 서로 떼고 밟는 적정 시간차를 놓치면 금세 차는 '너 틀렸어'라고 알려 주며 여지없이 멈춰 버린다. 초보 단계를 지나면 어느새 클러치와 엑셀 사이의 밀고 당기며 두 개의 힘이 동시에 공존하는 상태를 발로 느낄 때 차량의 엔진을 지배하고 있는 듯한 짜릿함을 즐기게 된다. 그 짜릿함으로 수동 운전의 매력을 알게 되었다. 3년 뒤 나의 첫 차는 폐차장으로 갔다.

두 번째 흰색 차량도 수동 차량이었다. 그 차도 3년간 나와 함께했다. 수동 차를 오랜 기간 운전하였어도 대형마트 주차장의 오르막길을 올라가다 잠시 멈추었다가 출발해야 할 때의 긴장감을 지금도 잊지 못한다. 오토 차량을 운전하는 지금도 수동 차 운전 경력 때문인지 나도 모르는 사이 왼손은 핸들, 오른손은 기어변속기에 살포시 얹는 습관이 있다.

첫 번째 수동 차량을 운전하게 되면서 아빠의 남다름을 알게 된 사건이 있었다. 아마 운전한 지 한 달 정도 되었을 때쯤이었다. 우리 집 대문 앞 골목길은 경사가 가파른 편이다. 1980년대 눈이 많이 오던 시절, 그 골목길은 눈썰매장이 될 정도로 경사가 심했다. 퇴근해서 주차를 하게 되면 내 차 머리가 가파른 경사의 골목길 아래를 향해 있다.

출근하는 아침, 나의 운전 루틴은 이렇다. 골목길 아래로 100미터 정도 운전해서 마을회관 앞 네 갈래 길 공터에서 차를 돌려 다시 올라와 우리 집 대문을 한 번 더 보며 출근한다. 안정적인 루틴을 갖기 전 큰 사건이 있었다. 지금 다시 떠올려도 '하마터면'이라는 생각에 다시 한 번 가슴을 쓸어내린다. 가끔 뉴스에서 갑작스러운 교통사고를 보면 그때의 일이 악몽처럼 떠오르기도 한다.

여느 때처럼 출근을 위해 대문을 열었다. 대문을 열고 턱을 넘어 한 발 디디면 바로 골목길이다. 사실 대문의 역할은 우리 집 마당과 골목길 사이를 구분해 주는 정도였다. 여차해서 내가 문을 세게 밀면 지나가는 사람이나 차와 부딪히는 상황이 연출될 수도 있다. 그런데 지금까지 그런 일은 없었다.

차 문을 열고, 운전석에 앉아 옷매무새를 가다듬고 하던 루틴대로 다음 동작을 이어 갔다. 사이드브레이크를 내리는 순간 엑셀을 밟지도 않았는데 차가 서서히 움직이기 시작하는 것이다. 출발을 하기 위해 기어를 1단으로 바꾸지도 않았다. 나는 아직 출발할 계획이 없었다. 차가 내리막길을 낮은 속도로 내려가기 시작했고, 나는 멈추기 위해 브레이크를 밟았다. 브레이크를 밟았는데도 차가 속도를 줄이지 않고 가던 길을 계속 갔다. 내가 할 수 있는 일이 없다는 두려움에 반응 없는 애먼 브레이크만 연신 밟아댔다. 그러다가 차를 돌리던 네 갈래 길 막바지에 다다를 즈음이었다. 이대로 쭉 가게 되면 마을회관을 들이받을 태세다. 마을회관에는 사람들이 있을 수도 있다. 내리막길이라서 처음 속도보다 가속이 되었다. 브레이크는 나를 무시하지, 차의 속도는 점점 빨라지지, 심장이 멎을 정도의 공포감이었다.

이러한 찰나의 순간에 사고라는 것이 이렇게 내 의도와 상관없이, 내가 손쓸 새 없이 벌어지는 거구나 하는 이 위급한 상황에서 아무 도움 안 되는 쓸데없는 공감만 하고 있었다. 찰나의 순간에도 많은 생각을 할 수 있다더니 정말 그러했다.

그 순간 마을회관으로 돌진할 수는 없고 두 번째 갈래 길과 세 번째 갈래 길 사이에 있는 단독주택이 시야에 들어왔다. 다행히 핸들이 작동하는 것을 알게 되었다. 나는 단독주택 쪽으로 핸들을 돌렸고, 울타리를 망가뜨리며 차를 세웠다. 온몸이 부들거렸다. 누구 하나 지나가는 사람 없었고, 나로 인해 누군가 다치지 않았고, 마을회관과의 충돌도 피했다. 그제야 안심이 되었다.

속도가 높지 않은 상태였고, 울타리에 부딪히는 소음도 크지 않았다. 그래서인지 누구 하나 얼굴을 내비치는 사람이 없었다. 단독주택에서도 인기척 하나 없었다. 나중에 알고 보니 주인은 다른 곳에 살고 있는 상태였다.

나는 문제의 오르막 100미터를 거슬러 아빠가 있는 이발관으로 급하게 달려갔다. 아빠에게 상황을 말씀드렸는데 아빠의 표정은 담담하였다. 아빠와 함께 사고 현장으로 내려갔다. 아빠는 단독주택의 울타리를 살펴보시더니 아무렇지 않은 듯

"여기 휘어진 부분만 고치면 되겠다. 어서 출근해라."

하시며 가라는 손짓을 하였다.

평상시처럼 운전하여 출근하라는 의미이다. 처음 겪는 상황에 당황한 나에게 운전을 하고 출근하라는 말이 나에게는 버거웠다. 그런데 아빠는 '뭐가 어때?'라는 반응을 보이셨다. 가끔 아빠는 이렇게 예사롭지 않은 모습들을 보여 주신다.

큰 사고가 날 수 있었다는 충격과 아빠의 아무렇지 않은 대담함이 서로 어울리지 않아 잊을 수 없는 날이었다. 그런데 그날 운전하며 출근했는지 원래 타고 다녔던 버스를 이용했는지 기억이 없다. 그날의 충격이 좀 강해서 잊혀졌나 보다.

그날 사고 상황을 이렇게 추측해 본다. 평소처럼 차 키를 꽂고 시동을 켠 것이라 착각했다. 사실은 시동이 걸리지 않은 상태에서 핸드브레이크를 내린 것이다. 내리막길이라 차는 위치에너지를 발휘하여 움직였던 것이고, 당연히 시동이 안 켜진 상태였으니 브레이크도 작동하지 않았을 것이다. 그나마 다행인 것이 핸들은 내 편이었다. 그 뒤로

나는 지금까지 무사고의 운전 경력을 가지고 있고, 아빠의 대담함은 내가 운전하는 데 필요한 자신감을 주었다.

아빠의 이러한 유별난 DNA 성향이 나에게 전달된 것 같다. 그래서 가끔 나만 아는 돌아이 같은 행동을 하기도 하는데 그건 바로 아빠의 DNA를 닮아서 그렇다고 해 두자. 사실 겁 없던 시절도 있었다. 그때는 몰랐지만 세월이 흐른 지금 과거 나의 행동들에 새삼 놀란 적이 있다.

2001년 가을 즈음이었다. 우리 마을에는 가정의학과에서 근무하는 간호사 이모가 있다. 엄마보다 나이가 아래이고, 우리 집과 서로 왕래를 하는 사이니까 호칭은 자연스레 이모가 되었다. 엄마도 나도 몸이 말랐고, 정상체중에 도달한 적이 없는 저체중이다. 엄마가 기력이 달릴 때면 집에서 이모의 도움으로 알부민 링거를 한 번씩 맞는다. 나도 가끔 알부민 링거에 욕심을 냈다. 알부민 링거액을 여러 병을 사 둘 정도로 엄마는 몸이 약했다. 엄마 체중이 40킬로그램이 채 나가지 않았고, 나도 160센티미터 키에 체중은 41—42킬로그램에서 맴돌았다. 앨범 사진들을 정리하다가 나의 20대 시절의 옛날 사진을 보고 눈을 질끈 감은 적이 있다. 내가 나를 보아도 너무 말랐다. 직장 동료들이 나를 안타깝게 봤던 이유가 그래서였나 보다. 만날 나한테

"밥 좀 많이 먹어. 빼빼한데 힘은 세네."

하는 말을 자주 하였다. 몸은 약한데 나에게는 깡이 있었다. 그 깡이 지금의 나를 만들었다.

엄마를 위해 아빠가 구입한 알부민 링거병이 몇 개 있었다. 나도 엄마처럼 영양제를 한번 맞을까 하는 욕심이 났다. 처음 알부민들이 우리 집 방문을 들어설 때부터 내가 눈독을 들인 건 사실이다. 그런데 전날 엄마에게 링거를 연결해 주기 위해 다녀가신 이모에게 또 부탁하기 미안했다.

나는 다음 날 퇴근하자마자 알부민 한 병을 고이 들고 차에 탔다. 이모에게 부탁해 볼 생각이었다. 집에서 이모 집까지 차로 10분이 안 된다. 이모 집에서 주삿바늘만 연결하고 집으로 오자는 생각이었다. 10분 동안 무슨 일이 있겠나 하는 근거 없는 자신감이 생겼다. 내 차는 수동 차이다. 오른손은 기어변속을 해야 하니 왼손에 바늘을 꽂아야 한다고 나름대로 치밀하게 계획하였다.

이모의 도움으로 주삿바늘을 연결한 후 링거병을 들고 차 쪽으로 향하였다. 이모가 괜찮겠냐고 걱정을 하였다. 왼쪽 팔뚝에는 바늘, 링거줄 끝에는 노란색 액체의 알부민 영양제 4분의 3 정도 찬 투명한 병이 연결되어 있었다. 운전석에 앉으면 왼쪽 천장에 손잡이가 있다. 그 손잡이에 끈을 연결하여 병을 고정하였다. 병의 높이가 좀 낮은 게 마음에 걸렸지만 차 높이에 한계가 있으니 그게 최선이었다. 차 키를 꽂아 시동을 걸고 왼손은 핸들을 잡고, 오른손은 기어변속과 핸들 잡기를 적당히 거들면서 운전을 하였다.

왼손의 바늘이 신경 쓰였지만 운전하는 것에 크게 문제없었다. 한적한 시골길이라 신호등으로 멈추는 일이 없었다. 나의 다소 무모한 귀갓길은 성공이었다. 차에 탈 때 준비했던 행동들을 거꾸로 다시 하였다. 살짝 링거 줄에 피가 비쳤다. 바늘을 꽂은 손과 링거병의 높이차가 작아서 그런 것 같았다.

아빠는 처음부터 나의 이러한 계획을 알고 동의하셨다.

가까운 사람 중 누군가의 죽음을 직접 목격한 것은 바로 할머니였다. 그때 내 나이 국민학교 4학년 아니면 5학년쯤 된 것 같다. 할머니는 한동네 큰아버지 댁에서 지내셨다. 그 소식에 나는 아빠 따라 할머니를 찾았고, 할머니는 온몸에 힘이 빠진 듯 반듯하게 누워 천장을 보고 계셨다. 세상의 힘든 무게를 다 내려놓았음을 할머니의 벌어진 입이 말해 주었다. 죽음이라는 낯선 경험은 나에게 담담하게 다가왔다. 눈물이 나오지 않았다. 죽음에 대한 이해와 경험이 없었던 나였다. 할머니의 모습을 한참 지켜보았다.

할머니의 죽음 이후 두 번째로 가까운 사람을 떠나보낸 것은 외할머니였다. 외할머니가 돌아가신 지 얼마 되지 않아 할아버지도 세상을 떠나셨다. 엄마는 외할머니, 외할아버지를 보면서 항상 안타까워하셨다. 그래서 부모님이 돌아가신 이후 한동안 우울해하셨고, 우리 삼 남매는 그런 모습을 지켜보았다. '엄마의 모습이 곧 나의 모습이 될 수 있고, 돌아가신 할머니의 모습이 또 내 모습이 되겠지'라고 생각하며 죽음이라는 미래를 그려 보았다.

외할머니 장례식장에서 아빠의 남다른 점이 또 발견되었다. 지금 생각해도 같은 생각이다. 그게 바로 아빠만의 방식이다. 아빠는 돌아가신 할머니의 사위이고 엄마는 딸이다. 우리 삼 남매는 손주들이다. 그런데 아빠는 나와 동생들에게 이렇게 말씀하셨다.

"너희들도 부의금 10만 원씩이라도 꼭 넣어라. 나도 했다."

그때 내 나이 35세, 이런 일이 처음이라 아빠가 말씀하신 대로 하였다. 그런데 부의금을 넣고 보니 상을 치르는 가족들이 일반 손님들이 하는 것처럼 부의금을 넣는 그림이 영 어색하였다. 남편에게 말했더니 이상하다는 듯 고개를 갸우뚱거렸다.

아빠의 마음은 이해한다. 사위로서 장모님의 상을 치르는 데 도움이 되고 싶었을 것이다. 그런데 방법이 조금 낯설고 평상적인 방법은 아닌 것 같아 보였다. 훗날 지용이는 올케의 할머님 상에 과거 우리 가족이 그랬던 것처럼 부의금을 넣었다고 한다. 아빠에게 배워 실천한 것이다.

아빠의 특이한 면은 식성에서도 보인다. 가리는 것 없이 잘 드신다. 아빠가 못 드시는 음식도 있나? 없다. 지금까지 특정 음식을 피하는 아빠의 모습을 결코 본 적이 없다.

아빠의 식성이 남다르다는 것은 바로 이것 때문이다. 바로 잡탕. 세련된 말로 바꿔 본다면 퓨전, 융합 정도가 되지 않을까 싶다. 아빠는 주방을 가까이하셨다. 그 시절 가정에서 요리를 하는 아빠의 모습은 친숙하지 않을 수 있다. 바깥 살림은 아빠, 안살림은 엄마라는 공식이 통할 때였다. 엄마가 몸이 약하고, 엄마가 가정에 보탬이 되기 위해 무슨 일이든 항상 하다 보니 이발관 일을 하면서 시간이 조금 자유로운 아빠가 부엌일을 주로 맡아서 하신 것이다. 그렇다고 엄마가 부엌일을 완전히 손 놓으신 건 아니다. 이발관과 집의 거리는 걸어서 20초도 안 되니 이발관에 손님이 없을 때는 아빠가 이발관과 집을 오가며 많은 살림들을 하시는 편이었다.

아빠는 식재료와 요리에 대한 관심이 많으시다. 해산물, 육류, 채소 등 다양한 식재료를 구입하는 것도 아빠의 몫이었다. 동네마다 순회하는 1톤 트럭 아저씨의 랩 같은 홍보가 마이크를 타고 자신이 왔음을 알린다.

"양파 사세요, 표고버섯 있어요."

아빠가 구입한 신선한 식재료로 엄마는 우리 가족의 식사 준비를 수월하게 할 수 있었다. 그런데 가끔 아빠의 창의적인 퓨전 요리 스타일 때문에 우리는 숟가락을 멈칫할 때가 있었다. 배 속에 들어가면 모두 소화되는 건 마찬가지이지만 가끔 비위가 상할 때가 있다.

이것도 아빠의 특이한 식성이라고 해야 할까? 바로 이해 안 되는 식성은 돼지 생고기를 그냥 드시는 것이다. 돼지고기는 익혀 먹어야 하는 것으로 알고 있는데 아빠는 우리의 걱정스러운 만류에도 직진이다. 분명 몸에 좋다고 해서 드시는 것 같은데 우리 눈에는 찝찝하기만 했다. 아빠의 그런 식성을 말릴 사람은 아무도 없었다. 아빠는 개인의 취향이 강한 편이었다.

아빠는 건강에 관심이 많아 몸에 좋은 식품들에 진심이었다. 홈쇼핑에서 좋다 하는 건강식품 트렌드에 뒤처지지 않았고 몸에 좋은 이름도 모르는 견과류 챙기는 것을 잊지 않으셨다. 가족들이 다 모이면 몸에 좋은 음식들을 나열하며 체격이 왜소한 두 딸에게 잘 먹을 것을 신신당부하셨다. 입맛 없으면 김밥이라도 먹어야 한다고 강조하셨다. 건강에 대한 아빠의 이러한 열정이 빛을 발하지 못하여 허무할 뿐이다. 우리 가족은 건강을 스스로 챙기는 아빠의 모습을 가까이에서 지켜보며 아빠는 건강하다고, 앞으로 계속 건강하실 거라고 믿고 안심한 것이다.

총각 시절 흐릿한 흑백사진 속 아빠의 모습은 엄청 말랐다. 얼굴 살이 없어 볼살이 푹 꺼지고 광대가 도드라진 모습이다. 장이 예민하여 살이 찔레야 찔 수 없는 상태였다고 한다. 설상가상으로 의술이 많이 발달하지 않았던 시절에 결핵에 발목을 잡혀 마른 몸에서 벗어날 수 없었다.

아빠의 소원은 몸무게를 늘리는 것이다. 아빠의 노력이 시작되었다. 화장실에 가는 일이 있더라도 열심히 먹는 방법을 시도한 것이다. 그런데 아빠의 노력이 통했는지 볼에 살이 차고, 피부는 탱탱해지고, 배가 슬슬 나오면서 표준의 체중에 가까워지기 시작했다. 아빠에게 볼록 나온 배는 훈장과도 같다. 우리 가족들도 아빠의 그런 모습을 좋아했다. 남들은 다이어트가 일상이 되지만 우리 가족은 전체적으로 마른 체형이라 모두 살을 찌워야 하는 평생 숙제를 가지고 있다. 영은이는 나보다 몸무게가 덜 나가고, 엄마는 영은이보다도 몸무게가 덜 나간다.

나의 아가씨 시절 몸무게는 42킬로그램이었고, 출산 후 45킬로그램이 되었다. 이건 출산 덕분인 것 같고, 그 이후에는 50킬로그램에 도달하기 위해 아빠와 같은 방식으로 마구 먹어 보는 방법을 시도하였다. 조금 늘긴 하였으나 40킬로그램대를 벗어나지는 못했다. 다이어트 열풍과 나는 아무 관련이 없다.

아빠의 성격은 다양하다. 주로 말투가 시원시원하고 개그맨 박명수의 개그 스타일처럼 호통을 쳐서 상대방을 주눅 들게 하기도 한다. 아빠의 호통치듯 하는 말투 때문에 내가 잠시 주눅이 든 일이 있었다. 지금까지 기억하고 있는 걸 보면 주눅이 크게 들었었나 보다.

국민학교 5학년 때쯤이었을 것이다. 사실 5학년인지도 확실하지 않다. 휴대폰이 없어서 유선전화에 통신을 의지하던 시절이었다. 우리 집 전화번호 뒷자리가 6055였던 것으로 기억한다. 스마트폰이 없던 시절이라 필요한 전화번호가 있을 때 두꺼운 전화번호 책 아니면 114에 전화해야 했다. 시내에 있는 서점의 전화번호가 필요하여 114를 눌렀다. 나는 당시 사춘기 소녀로 극소심을 달리고 있을 때였다. 기계음이 아닌 114 전화 안내원이 자신의 목소리로 직접 전화번호를 말해 주었다. 전화번호는 잘 생각이 안 나서 의미 없는 번호 가지고 설명하자면 이렇다.

"7 하나 5 2"

이런 비슷한 방식으로 말해 주었다. 내가 메모한 종이에는 752 세 자리밖에 없었다. 뒷자리는 네 자리인데 숫자 하나가 부족하다. 아빠에게 얘기했더니 아빠가 엄청 어이없다는 듯 비웃으면서 호통 아닌 호통을 치셨다.

"7 하나가 71을 말하는 거야, 으이구."

내가 들은 뒷자리 번호는 바로 7152였다. 나는 그걸 7이 하나라고 해석을 한 것이었다. 그 무안함을 지금도 잊을 수 없다.

아빠는 아빠가 알고 있는 확실한 정보와 지식 앞에서는 엄청난 자신감을 보인다. 그것을 모르는 상대방을 꾸짖을 때가 있다. 아빠의 무뚝뚝한 말투까지 가미되어 나는 더 주눅이 들었던 것이다. 바꾸어 말하면 아빠는 모르는 분야에서는 엄청 조용해진다는 것이다. 아빠의 권 박사라는 별명이 빛을 발할 때는 아빠의 전문 분야에서이다. 박사라는 학위가 어떤 특정 분야에서 능력을 인정해 주는 것처럼 말이다. 아빠가 아는 범위 내에서 아빠는 권 박사였다.

아빠의 자신감은 또 술을 마셨을 때 나타난다. 보통 술기운이라고 한다. 아빠의 목소리는 담을 넘어 쩌렁쩌렁 동네를 울릴 정도로 크다. 그래서 동네에서 아빠를 모르는 사람이 없다.

그런데 무뚝뚝한 말투와 다르게 어렸을 때부터 지금까지 아빠는 나에게 힘이 되는 말과 표정들을 내가 필요한 순간 적재적소에 해 주셨다. 그러한 응원과 격려가 나를 지탱해 주었다. 물론 114 전화번호 사건과 같은 일도 있지만 이런 무안한 일은 가뭄에 콩 나듯 한다.

국민학교 시절 매월 시험을 보았다. 그래서 월말 평가를 위해 매일 학습지를 풀었고, 학습지의 문제들 중심으로 복습을 하였다. 매월 시험을 보는 일이 교사에게도 학생에게도 쉬운 일은 아니었으리라. 갱지 색깔의 시험지는 시험을 대비하기 위한 학습이 되었고, 높은 점수를 얻기 위해서는 문제 유형에 친숙해져야 했다.

1990년 시골의 면 단위 학교의 학생 수는 많지 않았다. 한 학년에 두 학급 정도의 규모였다. 1반 아니면 2반이 되는 것이다. 학급 수가 많지는 않았지만 내 번호가 30번 대였으니 지금에 비하면 학급당 학생 수가 적은 편이 아니었다. 6학년 월말시험이 끝나고 나면 빨간색 동그라미가 가득한 갱지 색깔의 시험지를 들고 아빠가 있는 이발관에 들러 자랑하는 게 나에게는 큰 즐거움이었다. 아빠에게 인정을 받는 일은 나에게 보람된 일이었다. 시험을 본 후에는 등수까지 공개가 된다. 나는 거의 1등을 놓치지 않았고 부모님은 그런 나를 뿌듯하게 바라보셨다. 월마다 받은 상장만 잘 보관하였어도 A4 클리어 파일 가득했을 텐데 그 많던 상장은 다 어디 갔는지 한 장도 남은 게 없다. 두 동생들도 공부를 곧잘 했다. 아마도 우리 집에서는 상장이 흔하디흔한 종이에 불과했고, 엄마는 그것을 보관하는 것에 크게 의미를 안 두신 것 같다. 어른이 되어 추억이 될 수 있는 것 중 하나를 잃은 듯하다. 중학생, 고등학생 때 받은 성적표는 각각 한 장씩 겨우 가지고 있다. 나의 추억이고 나의 피땀 눈물이기도 하다. 그 시절 내가 최선을 다한 흔적이기도 하다.

아빠는 100점 맞은 시험지를 보실 때마다 '잘했어'라는 그 흔한 한마디도 아끼셨다. 말로 표현하지 않아도 눈빛과 표정으로 응원하는 아빠의 마음을 나는 다 느낀다. 어쩌다 '욕봤다'라는 말은 가끔 하신다.

중학교 때 학교장상을 받으며 졸업한 날에도 아빠는 이발관 일로 오지 못하셨다. 마을에 행사가 있을 때 아빠의 중앙이발관은 다른 날보다 더 바쁘다. 우리 삼 남매는 중요한 행사 때마다 아빠가 못 오신 것에 대해 서운해하지 않았다. 부모님이 우리 삼 남매의 학창 시절 변곡점에서의 행사들에 참석하지 않은 것은 평범한 일이었다. 그래서 우리 삼 남매는 더 의젓해지고, 강해졌는지도 모른다.

연세가 드실수록 아빠의 말수는 점점 줄어들었다. 술의 양을 조절한 영향도 있다. 그리고 몸이 예전 같지 않아지면서 아빠의 호통치는 생기발랄 목소리를 듣는 날도 점점 줄었다. 늘 당당하던 아빠가 차분해지는 것을 보는 게 마냥 좋지 않았다. 아는 잡다한 지식과 정치 이야기를 다소 독불장군처럼 얘기하시던 모습들이 "나 건강하다."임을 과시하는 건강의 척도였다.

아빠는 참을성이 강하다. 아빠의 투병 생활 중에 아빠의 짜증을 들어 본 적이 없다. 아픈 사람은 짜증을 내기 마련이다. 그런데 아빠는 늘 묵묵하였다. 몸 안의 세포들이 암과 싸우는 어수선한 상황에서도 아빠는 꿋꿋하셨다. 마지막 하루 전까지 아빠는 나의 부축을 받아 두 발로 걸으셨다. 아프면 아프다고 말을 하는 것이 당연하다. 아빠는 당연하지 않았다. 아빠만의 DNA 때문이다.

힘든 길

아빠는 대장암 말기 진단을 받은 후 시간이 많이 지나지 않아 곧 서울에 있는 친구, 용선이 아저씨와 연락하여 입원을 결정하였다. 병원 선택은 아빠의 의견을 최대한 존중하기로 하였다. 무엇보다 아빠가 마음 편히 치료받으실 수 있는 곳이 최선이라 생각했다. 용선이 아저씨의 사촌 형님이 이사장으로 있는 서울 S 병원이야말로 아빠를 특별히 대우해 줄 것 같은 기대감, 아빠를 낫게 해 줄 수 있다는 희망을 갖게 해 주었다.

정읍 J 병원에서 다리를 꼬았던 의사는 아빠에게 시한부 선고를 하였지만 서울 병원은 다를 수 있다고 기대했다. 수술이 가능하다는 진단을 내릴지도 모른다. 실제로 우리 가족은 서울 병원으로 결정하면서 희망을 갖게 되었다. 우리 가족은 아직 아빠의 상황을 인정하지 못했다. 아니, 인정하지 않았다.

2018년 1월 따뜻한 겨울 어느 날, 아빠와 나는 서울 길에 올랐다. 오랜만에 기차에 몸을 실었다. 내가 어른이 되어 아빠와 단둘이 멀리 어딘가를 향한 것은 처음일 것이다. 아빠는 병원 생활에 필요한 물건들을 잔뜩 넣은 가방을 준비하였다. 나는 최소한 필요한 생필품들을 챙겼다. 집에 있는 두 딸이 어리고 오랜 기간 있을 수 없을 것 같아서 2—3일 동안 필요한 것들만 겨우 챙겼다.

　나와 아빠의 대화는 실용적이고 필요한 말 위주의 대화가 주를 이루었다. 내가 주야장천 긴 하소연을 늘어놓으면 아빠는 짧게 몇 마디로 정리를 하신다. 지나고 보면 아빠의 핵심 정리가 맞아떨어질 때가 많다. 아빠는 요점 중심으로 말씀하신다. 아빠는 나보다 살아온 세월이 많기에 내가 겪고 있는 고민이나 상황을 한눈에 파악하여 결론을 쉽게 내릴 수 있었으리라. 그리고 항상 아빠는 내 편이다. 그렇다고 항상 팔이 안으로 굽기만 한 것은 아니다. 당연히 안으로 굽을 수 있는 상황에서도 최대한 객관적인 시야를 작동시켜 내가 현명하고 지혜롭게 선택하도록 길을 안내하셨다.

　기차 안에서 아빠와 나는 침묵했다. 약간의 대화를 했다면 일상생활에 관한 것 정도였을 것이다. 마음이 무거웠다. 저 멀리에서 희망이 꿈틀거렸다. 아빠는 기차가 움직이는 내내 생각에 잠겨 있는 듯했다. 부쩍 말수가 적었다.

　기차역에서 내려 택시를 타고 병원으로 향했다. 10분 정도 걸려 길이 좁고 복잡한 곳에 위치한 병원을 마주하였다. 높고 낮은 상가 건물들이 병원을 감싸고 있었다. 아빠와 나는 병원 로비에서 용선이 아저씨를 기다렸다. 로비에 진료기록 CD 등록기가 보였다. 아저씨를 기다

　　　　　　　　　　아빠의 중앙이발관　•

리는 동안 정읍 병원에서 챙겨 온 아빠의 진료기록 CD를 리더기에 등록했다.

곧 아빠의 친구, 용선 아저씨의 모습이 보였다. 아저씨와 나는 초면이었다. 점심 식사 시간이라 요기부터 하기로 했다. 병원 앞 상가 건물 2층에 있는 설렁탕 가게가 눈에 띄었다. 설렁탕으로 점심 메뉴를 정하였다. 아저씨는 요즘 말수가 적어진 아빠와 달리 말씀이 많으셨다. 병원 관계자와 아저씨의 끈끈한 인맥, 서울 S 병원의 의료 실력을 자랑하기 시작하셨다.

실제로 아저씨는 5년 전 이 병원에서 폐암 치료를 받고 완치되셨다고 한다. 아저씨의 사례만으로도 아빠는 이 병원을 신뢰하게 된 것이다. 아저씨는 과거 본인의 치료 과정을 말하며 아빠도 괜찮을 거라고, 걱정하지 말라고 안심시켜 주셨다. 그리고 고향에 있는 동창들이 다른 병원에서는 포기한 병을 이 병원에서는 다 고쳤다는 얘기도 잊지 않으셨다. 이사장이신 사촌 형이 자신을 살렸다고 했다. 나는 그 말을 철석같이 믿었다. 아빠도 그 기적들 중 하나이길 바랐다.

아저씨의 도움으로 아빠는 바로 입원할 수 있었다. 입원하자마자 아빠에 대한 조치가 빠르게 이루어졌다. 당장 대장내시경검사부터 시작했다. 검사하기 전 먹어야 하는 약의 양이 엄청났다. 2년 뒤 내 인생 처음으로 대장내시경검사를 해 봤는데 정말 힘들었다. 검사 전에 약을 먹는 과정이 만만치 않았고, 화장실을 수시로 드나드는 것이 보통 일이 아니었다.

아빠는 많은 말씀이 없었지만 내가 아빠 곁에 있는 것을 든든하게 생각하시는 눈치였다. 용선이 아저씨는 잠깐씩 들러 아빠의 말벗이 되어 주셨다. 아저씨는 매일 병원을 들르셨고, 항상 하시는 대부분의 말씀은 걱정 말라는 것이었다. 아저씨가 치료를 받았던 것처럼 수입 약으로 암세포를 다 없앨 수 있다는 얘기였다. 폐암을 치료한 아저씨는 줄곧 담배를 태우셨다. 정말 완치가 맞나 보다. 그런 아저씨의 모습에서 희망이 보였다.

그런데 점점 아저씨는 같은 말만 반복하셨고, 약간의 허풍도 보였다. 허풍이라 하더라도 그대로 믿고 싶을 만큼 나는 절박했다. 아저씨가 치료받은 대로 아빠도 치료를 받는다면 저 끝 어딘가에 희망이 있을 거라고 믿고 싶었다. 아빠는 아저씨와 이야기할 때 농담을 곧잘 하시면서 웃기도 하셨다. 아빠는 옛날 국민학교 시절 이야기부터 동창들의 최근 근황이며, 마을의 소식을 아저씨에게 전하였다. 고향 친구는 언제 만나도 마음을 편하게 하는 힘을 가졌나 보다.

아빠와 용선이 아저씨는 국민학교 시절 친구이고 1년에 한 번 동창회 모임에서 계속 만나 오고 있기 때문에 아저씨의 성격을 누구보다 잘 아신다. 아저씨가 하는 말들에 대한 확신이 의심되어 아빠에게 용선이 아저씨에 대해 물었더니 아빠는 아무 말씀도 하지 않으셨다. 아빠의 또 다른 면은 입이 무겁다는 것이다. 다른 사람에 대해 이러쿵저러쿵 말하지 않으신다. 그래서 아빠가 무슨 생각을 하는지 가늠이 안 될 때가 많다.

아빠의 중앙이발관 •

아빠는 처음 보는 낯선 사람들에게 먼저 대화를 시작하며 자연스럽게 이야기를 이끌어 내는 능력이 있다. 이럴 때는 알코올 기운 없이도 외향성이 발휘된다. 그렇지만 병원에서는 그러한 모습을 한동안 보이지 않았다. 아빠처럼 중증 환자들이 있는 병실에서는 낯선 사람들과 여유 있는 대화를 할 정도로 마음이 넉넉하지 못하다. 다들 예민할 수밖에 없다. 링거 거치대에 검은 봉투의 링거액이 걸려 있으면 항암 치료를 하고 있다는 표시라고 한다. 우리가 있는 5층에 있는 환자들 대부분은 항암 치료를 받고 있는 암 환자들이었다.

아빠가 탄 휠체어를 밀며 1층, 2층에 있는 검사실로 이동하였다. 병원에 들어올 때는 아빠 힘으로 걸어서 들어왔는데 아빠는 휠체어에 앉아 계신다. 검사 후 걸어오는 것이 불편할 수 있으니 간호사가 휠체어를 권하였다. 이제 진짜 아빠가 환자가 된 것 같다. 실감이 나지 않는다.

아빠의 검사가 한창일 때 나는 영은이, 지용이, 엄마와 수시로 전화를 하며 병원에서의 상황을 공유했다. 그렇지 않으면 내가 불안해서 못 견딜 것 같았다. 여러 가지 검사를 한 끝에 의사가 보호자인 나를 따로 불렀다. 긴장이 되었다. 정읍 병원에서 의사가 한 말이 틀렸기를 오진이기를 기대하였다. '수술을 바로 하자'라는 말을 듣고 싶었다. 의사의 얼굴 표정으로 아빠의 상태를 예측해 보려고 하였으나 읽기 어려웠다. 정읍 병원의 의사가 말한 것처럼 3개월, 6개월이라고 남은 인생을 단정 지어 말하지는 않았지만 현재 아빠의 상태는 수술을 못 할 정도로 많이 좋지 않다고 하였다. 정읍 병원 의사가 한 말과 다를 게 없었다. 아빠의 상태를 다시 한번 확인해 주는 것에 그치지 않았다. 그렇지만 치료가 무의미하니 내려가라는 말은 하지 않았다.

바로 아빠의 항암 치료가 시작되었다. 빠르게 병원의 처치가 이루어지니 그제야 마음이 조금 놓였다. 나는 며칠간 보조 침대에서 건조하면서도 미지근한 히터 바람을 맞으며 아빠 곁을 지켰다. 항암 치료가 엄청 힘들다고 하던데 아빠에게 아직 그런 기미는 없었다. 아빠의 항암 치료 과정은 순탄하였다. 항암 치료의 후유증 중 하나인 탈모가 심하지 않았고, 구토 증세도 없었다.

아빠를 간호하면서 매 끼니마다 내 식사가 애매했다. 대충 때우려고 하면 아빠는 나가서 식당에서 밥 잘 챙겨 먹고 오라며 나를 밀어내셨다. 내가 주로 가는 곳은 병원 앞 낙지집이었다. 원래 매콤한 것을 좋아하는 내 입맛에 안성맞춤이었고, 나는 그 이후에도 몇 번 더 그곳을 찾았다. 그곳에서의 기억이 새록새록 떠오른다. 영은이와 아빠의 간호를 교대하던 날 그 낙지집에서 눈물과 함께 소주잔을 기울였다. 조개를 우려낸 뜨끈한 국물이 낙지의 매콤한 맛을 더했다. 그날 마신 소주의 맛을 잊지 못한다. 씁쓸했다.

영은이에게 아빠를 맡기면서 돌아설 때에는 마음이 아렸다. 모유수유를 마치고 신생아실에 가연이를 맡기고 힘겹게 발걸음을 떼던 날의 기분과 비슷하다. 나는 다시 집으로 오는 기차에 몸을 실었다. 서울에 올라올 때는 아빠랑 함께였는데 내려갈 때는 나 혼자가 되었다. 며칠째 잠을 제대로 자지 못한 탓에 어느새 나는 곯아떨어졌다.

한동안 나, 영은이, 지용이는 서로 번갈아 가며 서울 길을 오갔다. 병원 치료에 적응하게 되면서 아빠의 여유로운 모습도 볼 수 있었다. 아빠는 아빠의 몸 상태에 대해 내색하신 적이 없으셨다. 아프면 아프다고 말을 해도 좋은데 아빠는 그러지 않았다. 의사는 아빠의 상태를 비관하였지만 예상과 다르게 항암 치료가 효과를 보고 있는 것이 아닌가 하는 좋은 생각이 자리 잡았다.

어쩌면 병원 관계자는 용선이 아저씨에게 솔직하게 아빠의 상태를 말하지 않았을까 하는 생각에 나는 아저씨를 따로 만났다.

"나처럼 수입 약을 쓰면 아빠, 괜찮아질 거야. 나도 우리 형이 엄청 신경 써 줘서 수입 약 먹으면서 엄청 좋아졌거든. 내가 우리 형한테 잘 말할 테니까 너무 걱정하지 말아라."

아저씨는 이렇게 말씀하셨다. 나는 그렇게 믿었다. 믿고 싶었다. 아저씨가 안심시키기 위해 하는 빈말이 아니라 아저씨의 실제 경험담이라는 것에 집중하고 싶었다.

"수입 약은 가격이 비싸서 일반 환자들에게 권하지는 못해. 그리고 비싼 약을 병원에서 권장했다가 효과가 없으면 병원 탓을 하거든. 우리는 지금 그럴 형편이 되고, 안 되더라도 빚이라도 내서 아빠 살려야지. 수술하면 재발이 많으니까 수입 약으로 하면 돼."

아저씨는 덧붙여 말했다. 우리라는 말에 뭉클해졌다. 정말 의사들과 이사장님이 아빠의 치료 방법에 대한 이야기를 어느 정도 하고 있으신지 궁금하였다. 그런데 우선 아빠의 상태가 낙관적이지 않은 것은 어쩔 수 없는 사실이라 의사에게 보채고 싶지 않았다. 병원 측에서 아빠에게 맞는 치료를 하고 있을 테니 기다려 보기로 했다. 6개월 시한부 선고를 받은 아빠의 상태가 눈에 띄게 호전되는 게 쉽지는 않을 것이다. 시간을 가지고 천천히 치료를 받는 것이 맞다.

어느덧 3월, 따뜻한 봄이 다가왔고, 아빠는 통원 치료를 하기로 했다. 2주에 한 번 항암 치료를 받기 위해 아빠는 서울을 오갔다. 아빠가 혼자 서울을 오갈 수 있다고 우리 가족을 안심시켰고, 일상생활로 돌아간 우리 가족들은 아빠가 혼자 힘으로 기차를 타고 입원해서 치료를 받고 귀가할 수 있으시다는 것에 감사했다. 우리 가족은 마음의 평안을 찾았다. 그리고 이렇게 조금씩 아빠의 상태가 좋아질 수도 있지 않을까 하는 희망을 다시 한번 갖게 되었다. 아빠가 항암 치료를 위해 병원에 입원할 때마다 용선이 아저씨가 아빠와 함께해 주셨다. 고마운 아저씨다.

시댁 아버님께 연락이 왔다. 3월쯤으로 기억한다. 아버님, 어머님은 부안에 사신다. 친정집과 20분 남짓 거리에 있다. 그래서 명절에 시댁과 친정을 넘나들 때 길에 시간을 낭비하지 않고 고생도 덜하다.

"가연 애미야, 사돈어른이랑 식사 한번 같이하자. 내가 사마."

　　　　　　　　　　　아빠의 중앙이발관 •

아버님의 목소리가 들려왔다. 아버님의 걱정 어린 마음이 느껴졌다. 항암 치료를 두세 번 정도 받았을 때였을 것이다. 아빠가 시댁의 부모님과 함께 장어구이를 드실 때 가장 건강하셨던 걸로 기억한다. 표정이 밝으셨다.

"저는 그래도 상태가 양호한 편이에요. 같은 병실에 있는 다른 사람들은 머리카락이 많이 빠졌어요."

아빠가 내뱉은 희망적인 말들을 기억한다. 그리고 장어를 엄청 맛있게 드셨던 것도.

5월 정도쯤으로 기억한다. 그렇게 우리 가족은 아빠의 통원 치료에 익숙해졌고, 주말이면 남편, 딸들과 함께 아빠를 만나기 위해 친정집에 들른다. 항암 치료가 거듭될수록 '암세포가 점점 약해지고 있겠지'라고 생각했다. 그런데 전에 비해 아빠 얼굴이 수척해 보였다.

평소 혈압약을 드시고, 당뇨도 있으셔서 먹고 싶은 대로 마음대로 못 드시는 상황이 항암 치료 과정에서 아빠의 발목을 잡았다. 힘든 항암 치료를 버텨 내기 위해서는 잘 먹는 방법밖에 없는데 조금만 드시면 당뇨 수치가 올라가는 탓에 아빠는 음식 앞에서 망설이셨다. 너무 안타까웠다. 더욱이 항암제 때문인지 당뇨 수치가 더 올라가는 것을 우리 힘으로 막을 수 없었다.

"아빠, 부안으로 가서 백합죽 먹을까?"

아빠 얼굴을 살피며 말했다. 드라이브하며 바람도 쐬고, 이런저런 얘기도 하고 싶었다.

"그래, 가 보자."

아빠가 흔쾌히 동의하셨다. 내가 선택한 메뉴가 아빠 입맛에 맞구나 하는 생각에 기분이 좋았다. 남편이 운전을 하고 아빠는 보조석, 나는 두 딸들과 뒷자리에 탔다. 내가 먼저 여러 가지 수다를 시작하였다. 아빠는 나의 수다에 맞장구를 해 주셨다. 그런데 대부분 다 가족을 걱정하는 잔소리로 끝맺음하는 식의 대화가 반복되었다. 아빠는 본인의 몸상태에 대해 언급하지 않으셨다. 가족들이 걱정하는 것이 싫어서였을 것이다.

부안의 유명한 죽집은 주말 손님들로 붐볐다. 한참을 기다린 끝에 백합죽이 나왔다. 죽이 너무 뜨거워서 작은 그릇에 덜어 아빠에게 드렸다. 그리고 우리도 맛있게 먹었다. 그런데 아빠에게 덜어 드린 죽의 양이 많지 않았는데 아빠가 그것만 드시고 숟가락을 놓으셨다. 짧은 시간 동안 아빠에게 변화가 생긴 것 중 하나가 바로 식사량이다. 아빠는 한 번 드실 때 많이 못 드시는 것이다. 마음이 너무 안 좋았다. 수척해진 이유가 있었다.

아빠의 예전 모습을 이제 볼 수 없다는 생각에 코끝이 찡해지는 것을 겨우 달랬다. 아빠의 평소 식사 모습은 배고플 때 엄청 급하게 드시고, 맛있게 드시고, 양도 적은 편이 아니었다. 엄마가 그런 아빠의 모습을 보고 '누가 안 뺏어 먹으니 천천히 잡숴'라는 말을 할 정도로 아빠는 먹는 것에 열심이었다. 이제 아빠에게 식사는 먹는 즐거움보다는 배고픔을 요기하는 정도이다. 항암 치료의 후유증이기도 한 것 같다. 자연스럽게 아빠의 상태를 받아들여야 하는 것인가, 몸도 마음도 물에 젖은 스펀지처럼 점점 무거워졌다.

아빠가 그나마 드실 수 있는 과일은 토마토였다. 그래서 아빠를 만나러 갈 때마다 토마토를 사 들고 갔다. 드실 수 있는 게 있어서 다행이다. 신선도 때문에 한꺼번에 많이 살 수가 없으니 조금씩 인터넷 주문을 이용하기도 했다. 아무리 몸에 좋아도 한 가지만 계속 먹으면 질린다.

서울로 통원 치료를 받으신 지 1년이 넘어 또 다른 봄이 돌아왔다. 아빠는 1년간 암과 싸우며 버티셨다. 고마웠다. 정읍 병원에서 말한 3개월도 6개월도 훌쩍 넘었다. 처음 3개월, 6개월이라고 진단을 내린 의사를 찾아가서 이렇게 말하고 싶었다.

"당신이 틀렸다. 우리 아빠는 지금 괜찮다. 우리 아빠가 얼마나 정신력이 강하신데……. 벌써 당신이 말한 6개월이 지났는데 아빠는 아직 우리 곁에 있다."

아빠가 암 진단을 받은 후 1년 4개월 정도가 지났을 때이다. 봄이 지나고 초여름이 다가와 슬슬 더워지기 시작할 때 아빠의 상태가 급격히 안 좋아지셨다.

아빠가 최근에 하신 말들 중 가슴 미어지는 말이 있다. 그 말을 들으면 아빠가 우리 가족에게 많이 미안해하고 고마워하고 있다는 것을 알 겠다. 아픈 아빠를 돌보는 일이 가족으로서 당연히 해야 하는 일인데 아빠는 매사 다 미안해하고 고마워하셨다. 평소 아빠는 감정을 잘 표 현하지 않는 무뚝뚝한 성격의 츤데레 스타일이다. 그런데 그러한 아빠 가 무뚝뚝함을 이겨 내고 하신 말씀 중 중 하나가 바로 "욕봤다."라는 말이다. 수고했다는 의미의 사투리다. 아빠를 간호하고 병실을 나설 때면 늘 이 말을 하셨다. 영은이도 그 말을 자주 들었다고 했다.

어느 날 영은이에게서 전화가 왔다. 아빠가 아픈 이후로 우리 가족 은 자주 연락을 한다. 핸드폰 액정에 서로의 이름이 뜨면 한편으로는 불안하기도 하였다. 아빠 건강이 더 안 좋아졌다는 소식일 가능성이 늘 있기 때문이다. 영은이는 백화점에서 일을 하다 보니 나와 다르게 주말에 바쁘고 월요일, 화요일에 쉰다. 일요일에 아빠한테서 전화가 왔다고 한다.

"영은아, 너 내일 쉬지? 서울 올라갈 때 같이 좀 가 줄 수 있냐?"

아빠가 힘없는 목소리로 영은이에게 부탁을 하셨다고 한다. 영은이 는 아빠의 말에 가슴이 미어졌다고 한다.

"언니, 아빠가 그렇게 말하는데 내가 겨우 눈물을 참았어. 아빠가 이 제 혼자 병원을 다니지 못할 정도로 힘이 없으신가 봐. 그리고 당당하 게 자식한테 부탁할 수 있는 것을 미안해하니까 속상하더라고. 힘도 하나도 없고……."

영은이가 눈물 섞인 목소리로 힘들게 말을 이어 갔다. 나 역시 영은이의 흔들리는 목소리에 눈물이 왈칵 쏟아졌다. 이제 서울 병원에서도 아빠를 위해 해 줄 수 있는 게 없는 걸까? 드넓고 뜨거운 사막에 우리 가족만 남은 것 같은 막막함이 모래바람처럼 날아왔다. 그 뒤로 아빠는 병원 가는 날을 영은이의 휴일에 맞추었다.

청천벽력 같았던 아빠의 시한부 선고 이후 우리 가족이 아빠의 미래를 바로 포기했다면 우리에게 두려움은 없었을 것이다. 하지만 우리에게는 앞으로 3개월, 6개월이 아닌 몇 년간 우리 곁에 함께 있을 수 있다는 희망이 있기에 우리는 항상 두려웠다. 큰 벽이 우리 가족의 발끝으로 서서히 다가오고 있지만 그 벽이 아직은 멀리 있다고, 느린 속도로 천천히 오고 있다고 생각했다. 그래서 아빠의 갑작스러운 하향곡선은 마른하늘에 벼락처럼 온몸을 놀라게 했고, 깊은 통곡을 하게 했다.

우리 가족과 아빠에게 고비가 왔다. 어두운 그림자가 드리워졌다. 몸도 마음도 어둡고, 차갑다. 아빠는 서울행 기차를 더 이상 탈 수 없을 만큼 걷는 것도 힘들게 되었다.

"언니, 이제는 아빠가 걷는 것도 힘들어하서. 걸을 때 힘들어서 걷다가 쉬기도 하고, 자칫하면 넘어질 것 같아서 나한테 기대어서 걸어야 할 정도야."

함께 병원을 다녀온 영은이가 한숨을 쉬며 전한 말이다.

어쩌면 아빠와의 시간이 그리 많이 남지 않은 것이 아닌가 하는 생각을 아주 잠시 했다. 그렇지만 아빠에게 주어진 시간이 짧을 거라고는 예상하지 않았다. 기력이 조금 부족해도 지금처럼 유지하며 오랫동안 우리와 함께 지낼 수 있을 거라고 위안하며, 실낱같은 희망을 놓지 않기 위해 정신을 단단히 부여잡았다.

아빠가 서울 병원에서 주로 받은 치료는 항암 치료였다. 항암 치료를 30번 가까이 받으면서 잘 드시지 못하다 보니 기력이 쇠할 수밖에 없는 악순환이 이어졌다. 병원에서는 항암 치료를 중단하자고 하였다. 항암 치료가 더 이상 효과가 없었기 때문이다. 항암 치료를 하면서 변비가 동반되어 변비약을 함께 처방받았다. 드신 게 없어서일 것이다.

여느 때처럼 주말에 아빠를 찾아갔는데 아빠의 달라진 모습에 또 한 번 깜짝 놀랐다. 나는 내색하지 않기 위해 평상시처럼 행동하려고 노력했다. 아빠의 얼굴은 더욱더 수척해지셨고, 팔과 다리 살이 많이 빠지셨다. 가장 달라진 모습은 배가 볼록해진 것이다. 복수가 찬 것이다. 말로만 듣고 예상했던 복수였다. 문제는 복수를 빼내야 한다. 서울 병원에서 마지막으로 받은 치료가 바로 복수를 빼내는 것이었다. 단, 복수를 한꺼번에 많이 뺄 수는 없다. 그래서 천천히 정해진 양만큼만 빼야 한다. 볼록해진 배를 추슬러 서울 병원에 가서 복수를 빼고 온 날이면 몸이 조금 가볍다고 하셨다. 그렇지만 이내 또 복수가 서서히 찬다. 복수가 과도하게 차면 황달이 올 수 있다. 아빠 몸에 폭탄이 설치된 것 같았다. 폭탄이 언제 터질지 모르는 초긴장 불안 상태였다.

아빠의 중앙이발관 •

서울 병원에 가는 것은 이제 정말 무리였다. 병원에서 해 줄 수 있는 치료가 복수 양을 줄여 주는 것이 전부라면 이제 우리는 아빠를 위한 다른 노선으로 바꾸어야 한다. 그래서 선택한 방법이 처음 진단을 받았던 병원의 힘을 빌리는 것이다. 이것 또한 아빠의 선택이었다. 그즈음 지용이와 나는 전주 J 병원 암 센터 아니면 호스피스 병동에 대해서 고민하고 있었다. 그렇지만 그 병원은 우리 집과 거리가 한 시간 거리이고, 주로 간호를 해야 하는 엄마에게 부담스러운 거리였다. 무엇보다도 집에서 가까운 곳이어야 아빠의 마음이 편하다는 게 최종 선택의 이유였다.

처음에는 아빠가 집에서 요양을 하시다 불편할 때만 그 병원을 찾으려고 했지만 병원 응급실을 들르는 일이 잦아지다 보니 입원을 할 수밖에 없었다. 점점 안 좋아지는 일만 남은 것 같았다. 그때마다 우리는 어떻게 대처하는 것이 아빠에게 편한 것인지에 집중했다. 아빠가 마음 편한 곳이 아빠가 있을 곳이라는 게 우리 가족이 모은 의견이다.

코스모스가 바람에 흔들거리는 것처럼 바람에 몸을 맡겨야 했고, 바람의 눈치도 보아야 했다. 바람이 야속하기만 하다. 가끔 바람이 지나간 후 잔잔해지면 마음에 평안이 오기도 한다. 하지만 불안하다. 언제 그 바람이 나를 스칠지 모른다. 어쩌면 바람과 친해져야 할지도 모른다. 흔드는 잿빛 바람이 아닌 내가 살아 있음을 느끼게 해 주는 푸른 바람을 맞이하고 싶은 건 욕심일까?

아빠 몸에 연결된 복수를 빼기 위한 연결 장치가 빠졌는지 투명 비닐 팩에 복수가 제대로 담겨지지 않고 새는 일이 생겼다. 비상 상황이다. 마침 시간이 가능한 지용이가 아빠를 모시고 병원에 갔다. 아빠의 진료기록을 확인한 병원에서는 바로 입원을 권하였다. 호스를 다시 연결해야 하는 조치가 필요하였고, 다음 날 바로 시술을 하였다.

나는 직장에서 조퇴하여 20분 걸려 아빠가 있는 병실을 찾았다. 2인실이었다. 날씨가 더워지기 시작한 6월이라 에어컨이 자신의 존재를 조용히 알리며 제 역할을 하고 있었다. 사실 아빠는 입원하실 생각이 없었다. 나는 아빠에게 앞으로 생각하지 못한 다른 위험한 상황이 벌어질 수 있으니 입원하면 어떻겠냐고 말씀을 드렸다. 아빠는 바로 답을 하지 않으셨다. 시간이 갈수록 아빠의 몸과 마음이 불편하지 않아야 하는 게 최우선이다. 그래서 병원의 힘을 빌리기로 했다.

아빠가 입원하면 누군가 간호를 할 사람이 필요하다. 그래서 생각한 방법이 간병인의 도움을 받는 것이다. 엄마가 간호할 수 있지만 엄마는 하고 있는 일을 쉽게 그만두지 못한다 하였다. 그런데 병원비, 간병비 한 달분을 계산해 보니 적은 금액이 아니었다. 가족이 아닌 간병인이 있으면 아빠도 불편할 거라는 우려도 있었다. 우리 가족은 한 번 더 선택을 해야 하는 갈림길에 서게 되었다.

결국 여러 가지 상황을 고려하여 엄마가 아빠 곁을 지키기로 했다. 엄마가 그러한 결정을 내려 줘서 우리 삼 남매는 마음이 놓였다. 나는 아빠가 이대로만 계속 우리 곁에 있어 주기를 바랐다. 실제로 그럴 수 있을 것 같았다. 왜냐하면 아빠는 우리에게 아프거나 힘들다고 표현하시거나 짜증 한 번 내지 않으셨기 때문이다. 그래서 아직은 거뜬하다고 생각한 것이다. 우리 가족이 아빠의 연기에 속은 것일까? 아빠를 걱정할 가족이 걱정되어 아픈 것도 아프다 말을 못 한 것일까? 아니면 신경이 마비되어 이제 고통을 못 느낄 정도로 상태가 악화된 것일까? 이런저런 생각이 꼬리에 꼬리를 물었다.

가까운 정읍 병원에서도 복수 연결장치를 시술할 수 있다는 것에 감사했다. 아빠가 암 진단을 받았을 때만 해도 왜 우리에게 이런 시련을 주었나 하늘을 원망하였지만 시간이 흐를수록 우리 가족은 작은 일에도 감사할 줄 아는 겸손함을 갖게 되었다. 시술이 끝난 후 아빠가 탄 휠체어를 밀고 병실로 돌아오는 길은 참 멀었다. 빛바랜 병원 내부의 모습이 그제야 눈에 들어왔다. 병실이 그리 쾌적하다는 느낌이 안 들었다. 마침 같은 병실의 다른 환자분이 잠시 자리를 비운 상태였다. 아빠가 그곳에서 하루 묵었는데 불편했다는 기색을 보이셨다. 모르는 사람과 몸이 아픈 상태에서 한 병실을 사용하는 것이 불편한 것은 당연하다. 가장 불편한 점은 화장실이 병실 안에 있지 않고, 복도에 있는 공용 화장실을 사용해야 하는 것이다. 그동안 아빠가 불만을 표현한 적 없는데 현재 2인실 병원에 대한 불편함을 참지 않고 바로 말해 주어서 마음이 놓였다. 바로 1인실로 옮기기로 했다. 아빠는 수시로 화장실을 들러야 하기 때문에 병실을 옮기는 게 여러모로 맞다. 우선 그날까지 2인실에 있기로 했다.

시술을 받은 후 아빠의 얼굴에 불안한 기운이 걷혔다. 거동이 조금 불편하신 듯하지만 시술 전보다 편안해 보이셨다.

"아빠, 오늘 좋아 보이네."

나는 이 말을 아빠에게 자주 하였다. 아빠는 옅은 미소를 지으셨다.

아빠와 대화를 하던 중 아빠가 이런 말씀을 하셨다.

"내가 죽으면 화장시켜라."

간결한 유언이자 부탁이었다. 울면 안 될 것 같았다. 그래서 감정을 최대한 누르고 아빠의 말을 듣는 데 집중했다. 아빠가 화장을 생각하시는 줄 몰랐다. 왜냐하면 집 근처에 할아버지, 할머니가 계신 선산이 있고, 아빠도 당연히 그곳에 가고 싶어 한다고 생각하였기 때문이다. 뒤늦게 아빠의 의중을 알게 되었다. 아빠는 화장한 채 선산에 묻히고 싶어 하셨다. 고개를 끄덕이는 내 모습을 보고 아빠가 한 말씀 더 하셨다.

"나중에 내 장례식에 온 큰집 오빠들한테 상복 꼭 입혀라. 다른 장례식장에 가 보면 누군 상복을 안 챙겨 줬다고 서운해서 싸운다더라."

우리 아빠는 자식을 면전에 두고 이러한 말을 할 수 있는 사람이다. 아빠는 자신의 죽음 이후의 상황까지 다 체크하고 계셨다. 그리고 여전히 담담하시다. 아빠가 우리에게 말씀을 못 할 상황이 생길 것을 대비하여 한꺼번에 아빠의 소망 보따리를 풀어 버린 것 같다. 혹시나 가족 친척들 간에 분란이 생기는 것을 바라지 않으시는 것이다. 역시 아빠답다. 아빠 본인 몸만 추스르기도 버거울 텐데 남을 사람들 걱정뿐이다. 돌아오는 길에 차에 타자마자 나는 참았던 눈물을 쏟아 냈다. 자신의 암흑 같은 앞날을 무덤덤하게 말하는 것이 쉬운 일인가? 아빠에게 다가오고 있는 어두운 미래를 피하지 않고 오는 대로 상대해 주겠다고 마음을 다잡으신 것 같다. 병원에서 처음 암 선고를 받은 날, 우리에게 소식을 듣고 당황하시던 아빠는 이내 이렇게 말씀하셨다.

"이만큼 살았으면 살 만큼 살았다."

아빠는 후회 없이 이 세상을 잘 살았다고 하였다. 후회하지 않으셨다.

이만큼 살아도 되는 사람은 없다.

소리 내지 않고 묵음의 대성통곡을 한 적이 있다. 이게 바로 소리 없는 아우성이라는 것일까? 아빠가 병실에서 병마와 힘들게 싸우다가 지쳐 잠드셨을 때 아빠 핸드폰을 본 날이다. 연락처에는 우리 가족들이 1순위였고 친구들, 그리고 최근에 병원에서 만난 사람들도 있었다. 성과 이름으로 저장되어 있지 않고 몇 호실 누구 정도로 저장되어 있었다. 그렇게 아빠는 지나가는 사람들과의 인연을 소중히 여겼다. 앞으로 더 이상 볼 수 없을지도 모를 사람들과 연락하며 안부를 챙기고 다음 항암 치료 시기를 공유하며 다시 만날 날을 미리 체크하기 위해 연락처를 서로 주고받은 듯하다. 그리고 가방 안에는 국민학교 동창 친구들의 주소록 10장 묶음이 있었다. 그 주소록을 보면서 또 한 번 주체할 수 없는 눈물이 흘렀다. 아빠와 동년배이신 그 많은 친구들과 다르게 우리 아빠는 왜 힘들게 병마와 싸우는 것으로 힘드셔야 하는지……. 한번 터지기 시작한 눈물은 화장이 다 지워지고 눈이 부어서야 가라앉았다.

그날 아빠가 주무시는 모습을 사진으로 남겼다. 아빠의 모습을 담고 싶었다. 아빠가 건강하실 때의 모습이 담긴 사진들도 있지만 아빠의 병마와 싸우는 지금 모습도 그리워질 것 같았다. 지금 아빠의 모습도 정겹다. 병색이 만연한 아빠의 모습은 안타깝고, 눈물짓게 했지만 이제는 그 모습도 좋다. 이 모습 또한 기억에 오래 남을 것 같다. 그래서 아빠가 보고 싶을 때 나는 그 사진을 보고 또 본다.

1인실로 옮긴 후 아빠도 우리 가족도 심적으로 편해졌다. 2인실에 비해 훨씬 아늑했다. 좀 더 쾌적한 병원에 계셨으면 하는 바람도 있지만 현재로선 최선이었기 때문에 죄송한 마음을 지그시 눌렀다.

아빠가 침대에 누워 있는 시간이 점점 길어졌다. 힘이 많이 달리는 것 같다. 대부분을 주무시거나 주무시지 않을 때에도 누워서 눈을 감고 계실 때가 많다. 1인실이라 에어컨, 텔레비전은 아빠가 원하는 대로 조절할 수 있었다. 엄마는 1인실은 비싸고, 내가 잠깐 없는 동안에 아빠를 봐줄 수도 있는 6인실이 낫지 않느냐는 의견을 내셨다.

"아빠가 화장실을 수시로 가야 하는데 어떻게 복도에 있는 화장실을 가? 엄마 그건 아니네. 지금 돈이 중요한 때가 아니고, 아빠가 편한 게 제일 중요해."

나는 엄마에게 매몰차게 얘기했다. 엄마가 어렸을 때 외할아버지 댁 형편이 넉넉하여 부잣집 딸로 살았다고 한다. 그런데 가난한 아빠를 만나면서부터 고생을 했다고 한다. 형편이 넉넉하지 않은 탓에 경제적으로만 생각하려는 경향이 있어서 그러한 엄마 모습에 나와 영은이는 화를 내기도 했다. 그런데 가끔 나한테서 엄마의 싫었던 행동들이 습관처럼 나도 모르게 나올 때가 있다. 사실 우리 가족은 경제적으로 필요한 만큼만 있었지, 여유는 없었다. 그래서 어딘가 절약과 검소가 몸에 배어 있을 것이고, 그 성향이 슬그머니 나오기도 한다. 절약이 결코 나쁜 것은 아니지만 절약의 적정선을 넘으면 구질구질해질 수도 있다.

그렇지만 엄마를 원망하지도 못할 일이다. 어려운 형편에서 우리 부모님은 생계를 유지하기 위해 최선을 다했다. 우리 삼 남매가 당당히 사회생활을 하며 남부럽지 않은 인생을 살 정도로 우리를 키우셨다. 나는 초등학교에서 근무하고 있고, 영은이는 자신의 주얼리숍을 차려 운영 중이고, 지용이는 토목 일을 하며 맡은 자리에서 열심히 살고 있다. 부모님의 성실한 모습들을 지켜보며 살았기 때문에 우리 삼 남매 DNA에도 성실함이 유전되었다.

아빠의 힘든 길이 시작되었다. 힘든 길이 힘들지 않으면 좋겠다.

엄마

아빠가 중앙이발관에서 많은 시간을 보내는 동안 엄마도 엄마가 할 수 있는 한도 내에서 열심히 인생을 사셨다. 아빠의 이발관 운영만으로는 살림이 넉넉하지 않았기 때문에 엄마도 팔을 걷어붙이고 생활 전선에 뛰어들었다. 1970—1980년대에는 너도나도 다 생활이 어려운 상황이었기 때문에 부부가 안팎으로 경제생활을 하는 것은 우리 집만의 모습은 아니었다.

내가 국민학교 5, 6학년쯤 되었을 것이다. 우리 엄마는 한시도 쉬지 않고 무언가를 하셨다. 평생 일하는 것이 당연하였고, 고생하는 것이 당연하였다. 가정에 조금이라도 보탬이 되기 위한 엄마의 노력이었다. 어렸을 때 골목길 한편 평상 위에서 동네 아줌마들이 둘러앉아 오순도순 이야기를 하면서도 손을 바쁘게 움직이는 모습을 지켜보았다. 내가 기억하는 건 뜨개질 작업과 전자 케이블 작업이었다. 그 당시 여자들의 사회생활이 일상적이지 않았던 시기였기 때문에 살림에 도움이 되고자 집에서 부업을 하기도 했다.

우리 마을에서 조금 벗어난 곳에 텔레비전을 만드는 공장이 있었다. 엄마는 직접 공장으로 출근하지는 않고, 집에서 텔레비전을 만드는 데 필요한 부품을 일부 작업하는 일을 하였다. 서로 다른 색깔의 전선을 펜치를 이용하여 정해진 곳과 방향으로 돌려 고정을 하는 작업이었다. 아마 한 개 하면 1원 정도나 하지 않았을까 싶다. 동네 아주머니들은 한 장소에 모여 손을 쉬지 않고 작업을 하면서 폭풍 수다를 곁들였다. 일명 노동 수다이다. 내가 주부가 되어 보니 대략 어떤 수다들이 이어졌을지 너무도 잘 알겠다. 남편 흉도 보고, 동네 다른 사람들 뒷담화도 했을 테고, 자식들 이야기도 했을 것 같다. 알록달록 다양한 색의 전선을 엮은 작업 결과물을 잔뜩 쌓아 놓으면 공장 담당자가 수거해 갔다.

어느 날 집에 엄마가 작업하다가 그대로 둔 전선들을 유심히 보았다. 완성된 전선을 보고 그대로 따라 해 보았다. 소꿉놀이처럼 보이기도 했고, 엄마를 도와주고 싶은 마음도 있었다. 내가 많이 해 놓으면 엄마가 깜짝 놀라겠지 하는 설렘에 손을 바삐 움직여 최대한 속도를 올렸다. 한참 뒤 엄마가 외출 후 돌아와서 보시더니 예상대로 놀라셨다. 나는 은근히 기분이 좋았다. 엄마가 분명히 좋아하실 거라 생각했다. 역시 나의 예상은 맞았다. 엄마가 전선의 색깔과 돌리는 방향을 유심히 살펴보시더니 안심하신 듯했다. 그래도 어린 나를 100퍼센트 믿을 수는 없으셨는지 눈으로 다시 한번 확인을 하셨다.

나는 그런 딸이었다. 엄마에게 도움이 되고 싶었던 딸, 실제로 엄마에게 도움이 되는 딸이라고 생각했다. 나는 두 동생들 보살피는 것을 잘하였다. 엄마 없을 때 동생들 밥을 먹이고, 공부도 가르쳐 주었다. 동생들에게 훈계도 곧잘 하였다. 가끔 지용이는 술 한 잔 들어갔을 때 이런 얘기를 한다.

"그때 큰누나가 왕이었어. 큰누나가 밥 먹기 싫으면 큰누나 밥을 우리한테 억지로 먹이기도 하고 그랬어. 하하하."

다소 억울했던 듯 우스갯소리를 한다. 영은이는 나보다 4살, 지용이는 6살 어렸다. 나이 차이가 많이 나는 편이라 나는 동생들에게 부모님 역할, 선생님 역할을 했다. 역할이 많다 보니 내가 먹기 싫은 밥을 동생들에게 먹일 정도로 권력을 잘못 사용할 때도 있었나 보다. 어쨌든 동생들보다는 내가 할 수 있는 게 더 많았기 때문에 책임감도 컸다.

아빠가 투병 생활을 하시는 동안 엄마의 주름은 더 깊어졌다. 나도 결혼을 하여 남편이 있고, 두 딸이 있으니 엄마의 마음을 십분 이해한다. 갑자기 내 남편이 하루아침에 시한부 선고를 받아 투병 생활을 해야 하고, 미래를 더 이상 함께 그려 나갈 수 없다면……. 가파른 절벽에 우두커니 혼자 서 있다는 생각만으로도 온몸이 저려 온다. 엄마는 지금 그 절벽 위에 찬 바람 맞으며 서 있다.

아빠의 그늘 아래에서 보살핌을 받았던 엄마의 모습은 한없이 연약하고 가여워 보인다. 이제 어쩌면 엄마는 홀로서기를 준비해야 한다. 아빠를 떠나보내야 하는 엄마의 마음은 이미 문드러져 있을 것이다. 더 이상 세상에 나의 유일한 편이 없어진다 생각하면 얼마나 서럽겠는가. 아빠라는 그늘이 걷히고 따가운 햇볕을 홀로 이겨 내야 하는 엄마의 심정을 상상조차 하기 힘들다.

엄마가 오늘따라 더 가여워 보인다.

아빠의 중앙이발관 (2)

아빠가 정읍 병원에 입원해 있을 때 나와 영은이는 문 닫혀 있는 아빠의 이발관 문을 열었다. 이발관 여닫이 유리문에는 '사정이 생겨서 문을 닫습니다'라는 종이가 붙어 있었다. 급하게 쓴 아빠의 흔적이 보인다. 내가 어렸을 때 본 아빠의 글씨는 훌륭했다. 천천히 한 자 한 자 정성을 들인 글자는 아빠처럼 반듯해 보였고, 정직해 보였다. 연필 끝 흑심에 침을 발라 자세를 가다듬고 글씨를 써 내려가던 모습이 생생하다. 정거운 행동이다. 주로 아빠가 아빠의 이름을 쓰는 일은 학교 가정통신문에 아빠 서명을 해야 할 때였다. 그 서명 하나도 대충 하는 법이 없이 정성을 쏟으셨다. 지금의 내 글씨체에서 아빠의 글씨체가 보인다. 요즘 POP, 캘리그라피와 같은 예쁜 글씨체도 많은데 내 글씨는 옛날 아빠 글씨와 같은 다소 딱딱한 명조체에 가깝다. 글씨를 쓰는 일이 많지 않다 보니 점점 내 글씨체를 잃어 가고 있다. 머릿속에 선명하게 아빠의 이름 석 자 명조체가 남아 있다.

이발관 문 옆에는 아빠가 키우시던 큰 화분들이 아직 생기를 유지하고 있었다. 문은 쇠로 된 문틀에, 허리 높이까지는 갈색 나무, 허리 높이부터 문 맨 위까지는 유리로 만들어져 있다. 유리문에 불투명 비닐 코팅이 접착제 덕분에 붙어 있는데 모서리 부분의 비닐은 떨어지지 않으려고 아슬아슬하게 안간힘을 쓰고 있다. 세월의 흔적이 느껴진다.

'중 앙 이 발 관'

아빠의 이발관 이름이다. 아빠의 숨결이 가득한 곳이다. 간판에 새겨진 '중앙이발관' 이름도 세월을 그대로 맞은 것처럼 나이가 훌쩍 들어 보였다. 간판을 자세히 본 적이 없었다. 사람들의 눈높이보다 훨씬 위, 건물 벽에 페인트로 이름이 박혀 있기 때문이다. 평소 이발관 바로 앞 인도에 드문드문 있는 큰 나무들의 가지와 잎으로 간판이 가려져 있어 '중앙이발관'이라는 글자 전체를 보기는 쉽지 않다. 이발관 바로 앞이 인도이고, 그 바로 앞이 아스팔트 길이라 반대편 인도에서 멀찌감치 떨어져서 보아야 간판 전체를 눈에 담을 수 있다.

여닫이문을 천천히 열었다. 먼지 내음이 코를 찔렀다. 먼지 향수가 있다면 바로 그런 향기였을 것이다. 차가 다니는 아스팔트 바로 옆이라 먼지가 문틈을 비집고 들어온 것이다. 아빠의 몸은 그동안 먼지에도 익숙해졌겠구나 하는 생각을 했다. 다섯 평 조금 넘는 크기의 작은 이발관이다. 먼저 손님이 앉는 의자 두 개가 맞은편에 각각의 거울을 마주하고 앉아 있다. 의자 뒤 공간에는 머리를 감는 세면대가 한 자리 크게 차지하고 있다. 세면대 옆에는 뚜껑이 있는 은색 큰 솥이 가스 위에 놓여 있다. 따뜻한 물이 필요할 때 물을 데워 사용하기 위한 것이다.

　더 안쪽으로 들어가면 대기하는 손님들을 위한 기다란 벤치 같은 의자가 기역 자 모양으로 벽에 고정되어 있다. 그 옆에는 수건과 아빠의 작업 가운을 넣는 갈색 나무로 된 캐비닛이 있다. 그리고 농약사라고 하단에 써 있는 큰 달력이 벽에 박혀 있는 못에 매달려 이미 지나간 과거의 시간에서 멈춰 있다. 대부분 농촌 집에는 비슷한 달력들이 있다. 농촌의 가정들은 대부분 농약사의 단골손님이기 때문에 해마다 연말이 되면 농약사에서 달력을 준다. 한 달이 지나 찢겨진 달력은 우리 삼남매의 도화지가 되었다. 스케치북보다 훨씬 크기 때문에 평소와 달리 과감한 스케치를 시도할 수 있었다. 달력은 새해를 알리며 사람들에게 새로운 다짐을 하게 하고, 매일 사람들에게 하루하루의 존재와 소중함을 알리기도 하고, 다른 사람들과의 만남을 중재하는 일도 한다. 어린 이들의 딱지로 다시 태어나기도 하고, 연이 되어 하늘을 날기도 한다. 부엌살림의 한 자락에서 기름과 밀가루에게 곤욕을 치르기도 한다. 이발관 문을 열었을 때 정면으로 보이던 달력은 이제 내려와야 할 때가 된 것 같다.

　캐비닛에 쌓여 있는 신문이 보였다. 맨 아래 무게에 눌려 있던 신문은 바스러질 정도로 갈색빛을 띠고 있었다. 아빠는 항상 신문을 가까이했다. 돋보기를 비추어 보시더라도 신문 보기를 거른 적이 없다. 서울 병원 입원 중에도 편의점에 들러 신문을 사 드렸다. 아빠가 세상을 보고 읽는 소통의 창은 바로 신문이었다. 신문에 드문드문 한자가 섞여 있어도 거뜬했다. 집 한쪽 한구석에 옥편이 있는 이유이다. 그날 수명을 다한 신문지는 염색을 할 때, 면도를 할 때 요긴하게 사용된다.

그때 마침 옆집 미용실 아주머니가 오셨다. 이발관과 미용실이 바로 옆에 붙어 있는 곳이 또 있을까? 아빠는 미용실 아주머니와 아침 자판기 커피 친구이다. 아주머니는 아빠와 대화가 잘 통한다고 하였다. 엄마의 단골 미용실이었고, 미용실 아주머니는 엄마의 말동무가 되어 주기도 하였다. 우리의 인기척이 들려 들르신 것이다. 마침 이발관에서 사용했던 수건들, 남은 염색약들을 보여 드렸더니 흔쾌히 가져가신다고 하셨다. 이미 아주머니는 가위 중에 쓸 만한 가위를 아빠에게 받았다고 하였다. 아빠에게 가위는 소중한 물건이다. 소중한 가위를 의미 있게 사용하셨다. 아주머니는 병원에 누워 계신 아빠에 대한 애석함의 표현을 잊지 않으셨고, 엄마 걱정을 많이 하셨다.

하나씩 짐을 정리하다 서랍 정리를 위해 서랍을 열었더니 가위가 있었다. 미용실 아주머니에게 가위를 다 물려주신 게 아니었다. 일부 남겨 놓으셨다. 나는 가위 두 개를 챙겼다. 집에 가져갈 생각이었다. 가끔 두 딸의 머리 손질을 내가 해 줄 때가 있는데 가끔 아빠를 생각하며 이 가위를 사용할 생각이었다.

50리터짜리 쓰레기봉투에 이것저것 넣고 보니 우리 손에 남은 건 가위와 머리 자를 때 사용하는 파란색 보자기뿐이었다. 그 보자기는 내가 나의 딸들 머리카락을 자를 때 사용하고 있다. 전문가가 아니라서 아빠의 미용 가위를 사용하는 것이 자신 없지만 가끔 이용하고 있다. 내가 챙긴 가위는 미용실 아주머니에게 물려준 가위처럼 아주 좋은 가위는 아니지만 내 기준에서는 제법 잘 드는 가위다.

다 정리한 줄 알았는데 캐비닛 구석에 가로 40센티미터 정도, 세로 1미터 정도 되는 나무판자가 서 있었다. 나무판자의 용도를 바로 알 수 있었다. 어렸을 때 우리 삼 남매가 이용하던 의자였다. 이발관에 있는 어른들이 앉는 의자에 어린이가 앉으면 키가 작아 머리 손질을 하기 어려우니 아빠는 나무로 된 널빤지 의자를 만드셨다. 이 널빤지를 의자 양쪽 손잡이 위에 걸쳐 놓으면 어린이를 위한 훌륭한 의자로 변신한다.

나, 여동생, 남동생의 헤어 커트는 아빠가 책임지셨다. 나와 여동생은 여자이지만 바로 옆 미용실에 가지 않았다. 그 당시 이발관은 남자가 가는 곳, 미용실은 여자가 가는 곳이라는 구분이 있었다. 여자인 우리 자매가 이발관에 가는 일은 가족이라 특별한 상황이었던 것이다. 의자 양쪽 손잡이에 나무판자를 걸쳐 맞춤 의자를 만들고 한 명씩 그 의자에 힘겹게 올라간다. 나무판자 의자에 앉은 후 아빠는 의자 높이를 조절한다. 국민학생 때 찍은 나와 영은이의 사진을 보면 대부분 헤어스타일이 쇼트커트에 가까운 단발이다.

그 의자에 더 이상 올라가지 않으리라 마음먹은 사건이 있었다. 국민학생 때까지는 헤어스타일에 크게 연연해하지 않았었나 보다. 중학생 때의 일이다. 아빠는 여전히 같은 방식으로 머리카락을 잘랐을 텐데 갑자기 내 마음에 안 든 것이다. 너무 짧은 것 같고 남자 같아서 싫었다. 울고불고 한바탕했다. 사춘기라 그랬을 것이다. 그 뒤로 나는 아빠의 이발관 단골손님에서 탈퇴하였다. 아빠와의 한바탕 전쟁을 치렀던 그날의 내 모습을 찍은 흑백의 증명사진이 서랍 한편에 있다. 지금 보니 그 헤어스타일, 아주 훌륭하다. 사진 속 내 모습에서 보이시한 매력이 보인다.

부모님 집은 정읍, 나는 결혼한 후부터 전주에 살고 있다. 그리고 내가 근무하는 학교는 정읍에 있다. 태어난 지 100일 지난 가연이는 평일이면 친정집에서 지냈다. 나는 토요일 오전 근무가 끝나면 친정에 들러 가연이를 데리고 전주 집으로 퇴근하였다. 그리고 일요일 오후에 가연이를 다시 친정 엄마에게 데려다주기를 1년 넘게 하였다. 친정 엄마도, 가연이도, 나도 서로 다 힘든 시절을 보냈다.

아빠는 우리 삼 남매 헤어스타일뿐만 아니라 가연이와 함께 지내는 동안 가연이의 머리카락을 잘라 준 적이 있다. 마침 내가 딸을 데리러 간 토요일이라 나도 함께 있을 때였다. 아빠는 이발관에 있는 연장들을 집으로 가지고 오셔서, 가연이의 머리카락을 잘라 주셨다. 나는 그러한 가연이의 모습을 남기고 싶어 동영상을 촬영했고, 그 영상은 지금도 남아 있다.

아빠에게 살짝 죄송스럽지만 그날 영상의 주인공은 아빠가 아닌 가연이었다. 그런데 지금 우리는 그 영상으로 아빠를 되새김질하며 추억하고 있다. 시간이라는 연출자에 의해 주인공의 비중이 가연이에서 아빠로 달라졌다. 지금보다 아빠의 모습은 충분히 젊었다. 머리숱이 많고, 얼굴에 살도 제법 통통하였고, 아빠의 노력으로 만들어진 몸집 덕분에 건강해 보였다. 아빠는 항상 그 모습일 줄 알았다. 핸드폰에 저장되어 있는 아빠와 가연이의 동영상을 가끔 볼 때마다 영상을 더 많이 남기지 못한 것에 대한 아쉬움이 너무 크다.

언제 올지 모르는 주인을 기다리며 자리를 지키고 있는 중앙이발관이 더없이 쓸쓸해 보인다. 오늘도 중앙이발관은 사정이 생겨서 문을 닫았다.

아빠의 중앙이발관 •

아빠의 체온

국민학교 2학년 해 질 무렵의 일이다. 벼 수확이 끝난 어느 가을이었다. 쌀알을 다 뺏긴 벼가 허탈감으로 논에 몸져누워 있었다. 한동네에 살던 사촌 오빠와 함께 논에 갔다. 자연은 우리들의 놀이터였고 논은 그중 하나였다.

갑자기 다리가 따갑더니 점차 온몸이 따갑고, 머리까지 따끔따끔했다. 벌 떼의 공격을 받은 것이다. 여기저기 자리를 옮겨 피하여도 벌들의 공격은 계속되었다. 벌들의 공격이 잠잠해졌을 때 머리카락을 뒤적이니 손에 벌들의 시체가 여럿 되었다. 땅벌들이 침을 쏘면서 죽음을 맞이한 것이다. 내 손바닥에 널브러져 있는 벌들의 모습을 지금도 잊을 수 없다.

벌들의 일방적인 공격으로 그날 저녁 나는 시름시름 앓았다. 우리 동네는 시골이지만 면 소재지에 위치한 곳이라 집 인근에 병원이 하나 있었다. 병원이 없었다면 버스를 타고 20분 걸려 시내까지 가야 했을 텐데 그 병원 덕분에 동네 사람들은 시내를 가야 하는 수고로움을 덜 수 있었다. 의사 선생님은 국민학교 동창의 할아버지였다. 내게는 무서운 의사 선생님이었다.

병원 가는 길은 소재지 사거리 아스팔트 길에서 횡단보도를 건너 오르막길을 오르다 보면 가파른 경사 끝 완만한 왼쪽 편에 있다. 우리 집에서 빠른 걸음으로 걸어가면 2—3분 정도밖에 안 되는 거리에 있다. 병원에 들어서면 정원이 있고, 정원보다 조금 높은 곳에 2층 건물의 병원이 있다. 건물 외벽은 흰색 페인트로 칠해져 있다. 병원 건물은 시멘트 바닥이고, 벽도 모두 하얀색이다. 아늑한 분위기와는 거리가 멀었다. 그 차가운 분위기 때문에 가고 싶지 않은 곳이다. 주사를 맞을지도 모른다는 무서움과 병원의 냉랭한 모습이 만나 두려움이 커졌다.

그 당시 국민학교에서 단체로 예방접종을 많이 하는 편이었지만 개별적으로 보건소에서 예방접종을 해야 하는 일도 있었다. 주사를 맞지 않겠다고 소재지 여기저기를 누비며 도망 다닌 덕분에 주사를 피한 적이 있다. 달리기를 잘하던 나에게 그 정도는 식은 죽 먹기였다. 그 정도로 나는 겁이 많은 아이였다.

땅벌과의 지독한 만남이 있었던 그날, 병원을 들렀다. 병원 가는 그 길에 아빠가 있었다. 아빠 등에 업혀 병원에 간 것이다. 아빠 등에서 느꼈던 따스함이 지금도 아련하다. 그날 아빠의 등은 더없이 따뜻했음을 확실히 기억한다.

병원 가는 오르막길 오르기 전 왼쪽에 구멍가게가 하나 있었다. 아빠는 병원을 안 가겠다고 조르는 나를 달래기 위해 병원 갔다 오는 길에 캐러멜을 사 주겠다고 약속하셨다. 내가 좋아하는 네모난 캐러멜이 있는데 어차피 병원은 가야 했고, 주사를 맞고 내 손에 쥐어질 캐러멜 생각으로 주사의 공포를 참아 냈다. 잔뜩 웅크리며 공포를 참아 낸 후 맛본 캐러멜의 맛은 엄청 달콤했다. 가끔 마트에서 정육면체 모양으로 낱개 포장된 갈색 캐러멜을 보면 조건반사처럼 아빠가 떠오른다.

엄마가 알약을 찧어 가루로 만든 후 숟가락에 물을 담아 녹여 꿀꺽 마시게 했던 일도 잊을 수 없다. 먹다가 너무 써서 토한 적도 있었다. 요즘 병원에서는 시럽에 가루약을 섞은 덕분에 아이들이 약을 달콤하게 먹는다. 그때도 달콤했었다면…….

어미 닭이 알을 포근히 품었을 때의 그 체온 나눔은 본능으로 신경 곳곳에 새겨진다. 서로의 체온으로 나눈 교감은 시간이 지나도 오래 유지가 되는 것 같다. 악수 한 번, 포옹 한 번, 입맞춤 한 번이 잊혀지지 않는 소중한 기억의 도장이 될 수 있다. 그리고 누군가를 떠올릴 수 있는 추억이 될 수 있다. 그래서 살 부딪히며 살아가는 가족의 정은 끈끈해지고 진할 수밖에 없을 것이다.

아빠 등에서 느꼈던 포근함을 감각으로 오랜 시간 기억하고 추억하게 된다. 그래서 나는 딸들과 함께 있을 때 손을 잡고, 팔짱을 끼고, 몸을 기대거나, 포옹을 자주 하려고 한다. 인상이나 느낌이라는 감각은 새로 알게 된 지식보다 생명력이 길다는 것을 몸소 느꼈기 때문이다.

그래서 나의 기억 속 아빠의 등은 지금도 따뜻하다.

부모의 마음

    내가 국민학교 저학년 때까지 우리 식구는 한방에서 다섯 식구가 함께 먹고, 자고, 생활했다. 그때의 생활이 정겹다. 내가 3학년일 때 영은이는 유치원생, 지용이는 유치원도 들어가기 전이었다.

    산타 할아버지의 존재를 믿는 나이였다. 크리스마스이브의 어느 늦은 밤, 마을 교회의 신도들이 캐럴을 부르며 집집마다 방문을 하였다. 나는 잠을 자다 노랫소리에 잠을 깨었고, 그들을 맞이하는 부모님의 모습을 잠결에 보았다. 나와 영은이는 일요일마다 교회에 가는 것이 일상이었다. 국민학교 6학년까지 교회를 다녔고, 성가대 가운을 입고 찬송가도 불렀다.

    잠에서 한 번 깨었다가 다시 잠을 이루었다. 눈을 다시 떴을 때에는 화이트 크리스마스였고, 내 머리 위에는 여느 해처럼 산타 할아버지의 선물이 놓여 있었다. 플라스틱 재료로 만든 빨간 장화 모양이었다. 장화 안에 여러 가지 과자들이 잔뜩 담겨 있었다. 여러 가지 사탕, 초콜릿, 과자가 있었다. 우리 삼 남매는 며칠 동안 단맛의 향연을 펼쳤다.

사탕, 초콜릿, 과자가 바닥을 드러낼 때까지 밥을 잘 먹지 않아 엄마에게 여러 번 혼났다. 과자를 비워 낸 빨간 장화는 우리에게 좋은 장난감이 되었다. 딱딱하고 작지만 신발처럼 신고 다닐 수 있었다. 산타 할아버지에게 감사한 마음을 가지며 보낸 즐거운 크리스마스 날이었다.

어느 해 산타 할아버지의 정체를 알아 버렸다. 아마 국민학교 5학년쯤 되지 않았을까 싶다. 크리스마스이브 날 밤, 잠이 들었다가 작은 인기척에 잠을 잠시 깼다. 아빠가 부스럭거리는 소리를 내며 내 머리 위에 무언가를 놓고 계셨다. 나는 모른 척 다시 눈을 감았다. 선물이 생겼다는 기쁨과 산타 할아버지가 아빠였다는 놀라움과 산타 할아버지에 대한 신비함이 깨졌다는 허무함이 공존하였다. 그렇지만 나는 그냥 눈을 감았다. 아빠는 지금까지도 나에게 산타 할아버지이다.

크리스마스 날 아침, 잠결에 눈도 다 안 뜬 상태에서 산타 할아버지의 선물을 확인하며 어리둥절한 모습으로 기뻐하는 두 딸들의 모습은 너무 사랑스럽다. 대부분의 사람들은 선물을 좋아한다. 선물은 주는 선물과 받는 선물이 있다. 선물을 받는 것도 기쁨이지만 나이가 들수록 선물을 주는 기쁨이 더 커진다. 나의 선물을 받고 좋아할 누군가의 모습을 상상하는 것만으로도 행복해지기 때문이다.

크리스마스 날 아침 4살, 6살 두 딸이 기뻐하는 모습을 빨리 보고 싶어 아직 일어날 시간도 아닌데 "산타 할아버지가 가연이, 가율이 선물을 놓고 갔나 봐!" 하면서 호들갑을 떨었다. 아이들은 마음처럼 안 떠지는 눈을 비비며 본능적으로 선물을 찾아 두리번거린다. 눈에 넣어도 아프지 않다. 딸들이 선물을 발견하는 순간 나는 천사의 모습을 보았다. 얼마나 귀엽고 사랑스러운지 지금 생각해도 짜릿하다. "산타 할아버지가 내가 갖고 싶은 선물을 어떻게 알고 주셨지?"라고 말하며 궁금해하는 표정이 너무 진지해서 웃음이 났다.

우리 부모님도 우리들의 모습을 보고 그러한 감정을 느끼셨을 것이다. 우리 삼 남매의 사랑스러운 모습을 보기 위해 아빠는 우리가 잘 때까지 기다렸다가 늦은 밤 몰래 준비한 선물을 살포시 두셨겠지? 아빠의 옅게 미소 지은 얼굴 표정이 그려진다. 자식이라는 존재는 숨기려고 해도 숨길 수 없는 미소를 짓게 하고, 행복을 자아낸다. 우리 삼 남매는 부모님에게 행복 그 자체였을 것이다.

'자식을 길러 봐야 부모 사랑을 안다'라는 속담이 있다. 엄마가 되어 보니 부모의 마음을 알겠다. 자식을 향한 사랑, 애틋함을 누가 가르쳐 준 것도 아닌데 본능적으로 자라난다. 자식이 기뻐하는 모습을 보면 더 기쁘고, 자식이 힘들어하는 모습을 보면 잠을 못 이룰 정도로 마음이 무겁다. 자식이 아플 때 부모의 마음은 고통스럽고 대신 아파 주고 싶은 마음이 간절하다. 부모의 입장이 되어 보니 아이와 나를 따로 떼어 생각한다는 것은 무척이나 어렵다는 사실을 알게 되었다. '고슴도치도 제 새끼는 함함하다'라는 말이 있듯이 부모에게 있어 자식은 무조건 예뻐 보이는 존재이다.

1994년 고등학교 1학년 때 병원 흰색 봉고차가 학교를 방문하여 흉부 엑스레이 촬영을 해 주었다. 태어나서 엑스레이 촬영은 처음이었다.

며칠 뒤 양호 선생님께서 쉬는 시간에 나를 부르셨다. 양호 선생님은 긴 파마머리에 피부가 하얗고 하얀 피부 덕분에 빨간 립스틱이 더 도드라져 보였다. 흰 가운을 입고 계셨다. 엑스레이 촬영 결과가 나왔는데 병원에 들러 다시 검사를 해 보라고 하셨다. 엑스레이 촬영 결과 내 심장 모양이 이상하다는 것이다.

양호 선생님께서 아빠에게도 연락을 하셨는지 어느 날 시내 방사선과에 나는 아빠와 함께 있었다. 학교에서 촬영한 엑스레이와 다를 바 없었고, 큰 병원으로 가 보라고 하였다.

자식이 아프면 부모는 걱정이 태산이다. 내 자식이 잘못될까 노심초사할 수밖에 없다. 나는 부모님을 걱정시켜 드리는 딸이 되었다. 그해 아빠 나이는 48세였다. 현재 내 나이에서 5살 정도 많은 나이다. 어렸을 때 40, 50이 넘은 어른들을 보면 겁이 없고 용감하며, 무슨 일이든 척척 해내고, 큰 시련이 닥쳐도 어른이니까 어렵지 않게 극복해 낼 수 있을 거라고 생각하였다. 그런데 내가 막상 40대가 되어 보니 나는 여전히 겁도 많고 서툰 어른이다. 부모님은 두려움을 내색하지 않으셨지만 자식의 불안한 미래 앞에서 얼마나 무섭고 겁이 났을까 짐작이 된다. 부모가 되어 보니 그 마음을 더 알겠다.

이모가 근무하는 광주 J 병원에 입원하여 정밀검사를 하였다. 검사 결과 심장과 폐 사이에 종양이 있다고 했다. 심장과 폐 사이를 의학 용어로 종격동이라고 한다. 그래서 나의 병명은 종격동 종양이다. 종격동에 있는 종양으로 인해 심장 모양이 이상하게 보였던 것이다.

위내시경 검사를 하였다. 그 당시 수면내시경이 없었다. 내시경 관도 지금에 비해 굵었을 것이다. 마취 없이 불쑥 들어온 내시경은 나를 숨 막히게 했고, 내 몸을 강하게 훑고 지나간 고통은 지금도 잊을 수 없다. 입안에서 달콤했던 알사탕이 내 의지와 다르게 미끄러져 목으로 넘어가서 녹지 않고 걸려 있을 때의 묵직하고 불쾌한 느낌과 흡사하다.

내시경 이외에도 많은 검사를 했다. 엄마가 병상에 누워 있는 내 옆에서 눈물을 흘리고 계셨다. 그 모습이 잠결에 스쳤다. 각종 검사를 한 결과 그 병원에서는 종양을 제거하는 수술이 어렵다는 판단을 내렸다. 종양에 너무 많은 혈관들이 얽혀 있었던 것이다. 수술이 가능한 병원을 찾아야 했다. 이모는 도움이 못 되었다고 우리 가족에게 미안해하였다.

아빠는 그때부터 바빠지셨다. 병원을 다시 선택해야 했다. 여기저기 수소문한 끝에 전주 J 병원을 가게 되었다. 광주 병원에서 검사한 차트가 그대로 전주 J 병원으로 인계되면서 내시경을 내 안에 다시 들이지 않아도 되었다. 전주 J 병원은 항상 대기 환자들이 많아 바로 입원하는 것이 어렵다. 그런데 나는 아빠의 노력으로 바로 입원하게 되었고, 수술 일정도 바로 잡혔다.

내 주치의가 나와 엄마에게 이렇게 물어본 적이 있다.

"아버님께서 뭐 하시는 분이세요?"

그 말에 많은 의미가 담겨 있었다. 하이패스로 하루 만에 입원과 수술까지 하게 만든 우리 아빠의 정체를 궁금해하셨다.

엄마는 자랑스럽게 말씀하셨다.

"우리 바깥양반, 농사지어요."

의사가 의아해하였다. 의사의 예상과 다른 답변이었을 것이다. 아빠가 자랑스러웠다. 그동안 주변 지인들에게 아빠가 베푼 정이 부메랑이 되어 돌아온 것이다.

3주간의 병원 생활이 시작되었다. 5시간이 걸린 전신마취 수술은 내 몸에 긴 흉터를 남겼고, 혈관들에 싸여 있던 종양은 가져갔다. 종양의 크기는 어른 주먹만 하였고, 무게는 한 근이었다. 무려 600그램이다. 작지 않은 크기의 종양이 심장과 폐 사이에 있었으니 엑스레이에서 심장 모양이 이상하게 보였던 것이다. 아빠가 그 종양을 직접 보셨는데 돼지고기처럼 생겼다고 했다. 종양을 조직검사 한 결과 다행히 악성이 아닌 양성이었다. 아빠, 엄마는 그제야 가슴을 쓸어내리셨다. 고등학교 1학년 2학기 중간고사가 코앞인 상태에서 시험을 포기하고 빠른 치료를 결정한 것은 아빠의 판단이었다. 아빠의 결정이 옳았다.

5시간 동안 내 몸의 감각들이 멈추어 있었다. 그래서 수술 이후 나는 '내가 몸이 약해졌다'라는 생각을 한다. 기억력도 약한 것 같다. 살이 안 찌는 왜소한 체격에, 저질 체력도 문제다. 그래서 아빠가 몸무게를 늘리기 위해 노력했던 것처럼 나도 잘 먹고 열심히 운동하며 건강해지기 위해 노력한다. 내게 어려울 것만 같았던 출산의 경우 자연분만으로 순산하여 건강한 두 딸을 내 품에 안았다. 성실하게 직장 생활을 하고 가정 살림을 병행하면서 슈퍼 맘을 꿈꾸며 살고 있다. 부모님 덕분이다. 부모님의 노력과 헌신이 있었기에 지금의 내가 있다.

부모는 자녀가 스스로 독립하여 사회의 구성원이 될 때까지 뒷바라지를 한다. 더 나아가 손자를 돌보는 애프터서비스까지 하기도 한다.

나의 첫째 딸 가연이는 부모님에게 첫 손주이다. 가연이가 태어나면서 부모님은 그동안 느끼지 못했던 새로운 사랑의 감정을 경험하게 되었다. 손주에게서 느끼는 사랑과 자식에게서 느끼는 사랑은 비교할 수 없을 정도로 다르다고 한다. 가연이가 태어난 지 백일이 되면서부터 두 돌이 될 때까지 친정에서 살았다. 그래서 가연이에 대한 부모님의 애정은 특별했다. 자녀들이 모두 장성하여 떠나간 빈자리를 가연이가 채운 것이니 오랜만에 하는 육아가 힘들기는 해도 행복하셨을 것이다. 가연이가 친정에 있는 동안 미혼인 나의 동생들, 영은이와 지용이는 가연이를 보기 위해 걸음을 자주 하였다. 그렇게 가연이는 할아버지, 할머니, 이모, 삼촌의 사랑을 많이 받고 자랐다. 특히 할아버지와 할머니의 사랑은 동네 사람들이 다 알 정도로 각별했다.

둘째 딸 가율이가 태어나면서부터 나는 부모님에게 불효자가 되었다. 친정집에서 가연이를 키워 주신 것도 감사한 일인데 계속 육아의 짐을 내려놓지 않으신 것이다. 큰딸 가연이가 6살이 될 때까지 엄마는 우리 집에서 가연이, 가율이 육아를 맡아 주셨다. 엄마와 아빠는 손자의 육아로 인해 주말부부 생활을 하게 되었다. 엄마는 금요일 저녁이 되면 한 시간 걸려 집으로 돌아가셨고, 아빠는 엄마가 없는 평일에 혼자 이발관 일과 농사일을 하면서 생활하셨다. 사실 혼자 힘으로 육아를 해 보려고 했다. 출산휴가가 끝날 때쯤 육아 도우미를 해 주실 분을 만나 면담까지 마친 상태였다. 그런데 엄마가 남의 손에 어린것들을 어떻게 맡기냐며 육아라는 힘든 길을 선택하신 것이다. 그 덕분에 나는 마음 편하게 직장 생활을 할 수 있었다. 부모님에게 정말 감사하고 미안한 마음뿐이다.

　자식이 아프면 부모는 온갖 정성으로 보살피는데 부모가 아프면 자식은 부모의 정성만큼 다 갚지 못한다. 정작 내 가족에 힘쓰다 보면 내 부모님은 뒷전이 되기도 한다. 부모님은 자식들에게 대가를 바라고 사랑을 주지 않으니 서운해하지도 않으신다.

　동물계에서도 부모의 사랑과 희생을 볼 수 있다. 수컷 아델리펭귄은 먹이를 먹은 후 역류된 생선과 크릴새우로 자식에게 영양가 있는 식사를 준다. 평균 50년 수명을 가진 장수 새 앨버트로스 새끼의 주요 생계 수단은 아빠가 물어 오는 먹이다.

　어린 시절 부모님의 사랑을 이해하지 못하여 그 사랑을 가슴에 온전히 담는 방법을 몰랐다. 부모님의 사랑은 당연한 듯하지만 결코 당연하지 않다. 당연하지 않았던 나의 부모님의 사랑에 감사할 뿐이다.

아빠의 음악 선물

나는 대부분의 중요한 일을 아빠 뜻에 따르는 편이었다.

그런데 처음으로 아빠와 의견이 일치하지 않은 순간이 있었다. 지금 생각해 보면 참 철없는 오기를 부렸다. 아빠는 그런 나를 설득하기 위해 부단히 노력하셨고 결국 나는 아빠 뜻에 따랐다.

내 딸 가연이가 사춘기에 접어들면서 대화 중에 나의 언성이 높아진 적이 있었다. 차분한 대화보다는 내 생각을 앞세웠고 가연이의 생각을 조곤조곤 들으려는 여유를 부리지 않았다. 가연이가 아직 어리고 인생 경험이 없으니 천천히 이해하기 쉽게 대화를 해야 하는데 자꾸 감정이 앞설 때가 있다.

부모는 먼저 세상을 겪으면서 시행착오를 경험하였으니 충분한 조언을 하여 자식이 최선의 선택을 하도록 도와야 한다. 물론 자식의 생각을 존중하는 쿨한 부모의 모습도 좋지만 전두엽이 제대로 갖춰지지 않은 청소년기 자녀들에게는 부모가 적절히 개입하는 순간도 필요하다. 그런데 점점 자식 일은 내 마음대로 안 된다는 것을 알아 가고 있다. 아빠가 나한테 하신 것처럼 중요한 순간에 개입하기도 하고, 자녀의 의견도 충분히 존중해 주고 싶다.

내가 현실에 맞지 않는 오기를 부렸던 것은 예술 분야로 진로를 정하고 싶다는 것이었다. 그리고 고등학교를 정읍이 아닌 전주로 가고 싶다는 것이었다. 중학교 때 내 성적은 1, 2위를 곧잘 유지하고 있었다. 마침 5학년 때 배우게 된 피아노가 계기가 되었다. 피아노를 연주하면서 나는 피아니스트라는 꿈을 꾸게 되었다. 피아노 학원 1—2년 정도 다닌 실력으로 음악 분야의 진로를 선택하려 한 내가 용감하였다. 중학생이 되어서는 더 이상 피아노 학원을 다니지 않는 상태였는데도 피아니스트가 되고 싶은 무리한 꿈을, 현실과 괴리감이 있는 꿈을 당당히 꺼내 놓은 것이다.

아빠의 조언은 이러하였다.

"예술가가 되려면 엄청난 노력이 필요하고 직업이 되는 순간 많은 스트레스를 받아. 그리고 무엇보다 경제적인 뒷바라지가 있어야 하는데 농사를 짓고 있는 내가 뒷바라지할 자신이 없다."

아빠는 솔직하게 말씀하셨다.

"음악은 직장을 가진 후 충분히 취미로 즐길 수 있어."

아빠는 한마디 더 덧붙이며 내가 그 꿈을 취미로 바꾸길 바라셨다.

그런데 초등학교 교사가 된 이후 나는 아빠의 조언대로 음악을 취미로 벗 삼아 스트레스 없이 다양한 악기를 경험하고 있다. 미술에는 전혀 소질이 없지만 적당한 음악적 재능과 운동신경 덕분에 만족할 만한

여가 생활을 즐기고 있다.

중학교 시절, 나는 이것저것 골고루 조금씩 잘하는 편이었다. 대신 깊이는 없다. 이때부터 나는 전 교과를 가르칠 수 있는 초등학교 선생님이라는 직업에 적합한 사람이었나 보다. 그래서 과목마다 선생님이 나를 탐내셨다. 국어 선생님은 내가 국어 관련 대회에 나가기를 원했고, 체육 선생님은 단거리 달리기 기록이 빠른 나에게 육상대회를 권유하셨다. 과학은 내 관심 분야가 아니었지만 나의 무기인 성실함으로 전라북도 화학 경시대회에서 눈에 보이는 성과를 내기도 했다.

특히 나는 음악에 소질이 있었다. 음악 선생님으로부터 칭찬을 받은 기억이 생생하다. 중학교 때 학교 독창 대회가 있었다. 나는 대회에 나갈 만큼 노래를 잘하지는 못했다. 어느 정도 박자와 음정에 맞춰 노래를 부를 수는 있지만 고음에서 자연스러운 소리를 내는 데 한계가 있었다. 국민학교 시절 동요 대회에 나갈 기회가 있었는데 고음에서 막히는 바람에 대회 참여가 무산된 적이 있다.

어느 날 2년 정도 배운 피아노 실력과 나의 음악적 재능이 실력을 발휘한 일이 있었다. 독창 대회에 나가는 학생들을 음악 선생님께서 지도하고 계셨는데 1학년인 내가 반주자로 캐스팅된 것이다. 대회 참가자 중에 선배들도 있었다. 대부분 음악 교과서에 있는 노래들이었지만 생소한 노래들이 많았다. 점심시간에 따로 시간을 내어 반주를 하게 되었다. 풍금에 앉아 페달을 열심히 밟아 가며 소리를 내었다. 풍금 소리의 분위기는 너무 가볍지도 너무 무겁지도 않으면서 마음을 차분하게 가라앉히는 마법이 있다. 특히 비 오는 날에 더 잘 어울린다. 페달을 밟아야 하는 다리는 바쁘지만 고전적 운치가 있다.

독창 연습 과정에서 고음이 잘 올라가지 않아 음을 낮춰 불러야 하는 학생들이 있었다. 그러면 반주자인 나도 즉흥적으로 음을 내려 반주를 해야 했다. 조옮김이 된 악보가 주어지지 않았지만 동물적 감각으로 느낌 가는 대로 무리 없이 반주를 하였다. 변경된 상황에 바로 대처하던 내 모습을 보고 음악 선생님이 깜짝 놀라셨다. 피아노 연주 실력이 화려하지는 않았지만 느낌대로 연주하였다. 지금 생각해 보니 내가 남다른 음악적 감각을 가지고 있었구나 하고 과거의 나를 뒤늦게 칭찬해 본다. 지금 다시 그때처럼 연주하라고 하면 당연히 못 한다. 나는 어느새 총명했던 그때의 음악적 감각의 힘을 잃었다.

피아니스트가 되겠다고 떼를 쓴 이유는 그저 음악이 좋아서, 내가 음악을 잘하는 걸로 착각을 해서, 진로에 대해 진지하게 고민하지 않아서, 진로에 대한 정보가 없어서였다. 그런 나를 아빠는 설득하셨고, 우리 가정 형편으로 음악인을 양성하는 것은 힘들다는 말에 서럽지만 동조하며 처음으로 가져 본 꿈을 내려놓았다.

즐거워야 하는 음악이 직업이 되는 순간 즐거운 음악이 아닐 수 있다. 물론 자신이 좋아하는 일을 직업으로 삼아 행복한 인생을 살아가는 부러운 사람도 있다. 취미는 실력이 부족해도 용서가 되고 언제든 부담 없이 나를 중심에 두고 즐길 수 있다. 아빠의 결정과 나의 순응이 맞아떨어져 음악은 나에게 취미가 되었고, 지금까지도 내 인생의 활력소, 비타민, 소화행이 충분히 되고 있다.

　대학교 1학년 때 가입할 동아리를 물색하던 중 같은 과 4학년 선배가 록밴드 동아리 가입을 권하였다. 1학년 팀 중 베이스 기타 멤버 자리가 비었다는 것이다. 사실 록밴드 동아리에 들어간다면 피아노 파트를 생각했는데 이미 피아노는 다른 사람 차지였다. 낯선 베이스 기타와의 만남이 성사되었다. 고등학교 때 본조비, 블랙홀 등 록 음악을 즐겨 들으면서 기타와 드럼 소리에 묻혀 자신의 역할을 묵묵히 하는 베이스 소리에 매력을 느낀 적이 있기 때문에 베이스기타와 더 친해져 보기로 했다.

　3년간 베이스 기타를 가까이하며 기본 연주 실력을 갖추었고 동아리 정기 공연도 하게 되었다. 보통 3학년 때까지 공연을 하고, 4학년 때는 임용시험을 준비하느라 동아리 활동에서 한발 물러선다. 그런데 3학년 마지막 정기 공연을 본 외부인이 자기 팀 베이스 기타리스트가 군대에 가게 되면서 공석이 되었다며 함께 활동하자는 제의를 하였다. 나는 수락하였고, 나의 두 번째 음악 그룹 활동은 계속 이어졌다.

　밴드 생활을 하면서 드럼 연주를 조금 맛보기도 하였다. 사실 밴드에서 내 악기 이외에 다른 악기를 만지는 건 암암리에 금지된 행위였다. 그런데 3학년 정기 공연 때 서로 악기를 바꾸어 연주할 것을 누군가 제안하였고, 나는 공식적으로 드럼을 만져 볼 수 있었다. 그래서 드

아빠의 중앙이발관 •

럼 기본 박 정도는 할 수 있다. 드럼 연주에 대한 아쉬움이 있던 터라 결혼을 한 후 혼자 전주 시내 드럼 학원에 씩씩하게 다닌 적이 있다. 학원 레슨 진도 속도와 나의 열정 속도의 차이로 한 달만 배우고 그만두기는 했지만 드럼을 배우고 싶은 갈망은 있다.

새로운 록밴드 동아리에서 나는 홍일점으로 베이스기타를 연주하게 되었고, 전주 시내 길거리 공연, 서울의 대학교에서 메이데이 행사 공연, 노동자들 집회 공연, 다른 대학교 록밴드 동아리와의 합동 공연 등 다양한 활동을 하였다.

그리고 학교에 발령을 받아 직장 생활을 막 시작했을 때 대학교 록밴드 동아리 선배가 음악 활동을 같이하자는 제안을 하여 세 번째 음악 활동을 하게 되었다. 결혼 전이었다. 퇴근 후 정읍에서 전주까지 차로 한 시간 이동하여 합주를 하는 과정은 체력적으로 쉽지 않았다. 그래서 세 번째 음악 활동은 한두 번 정도 공연 끝에 자연스럽게 막을 내렸다.

초등학교 교사로 발령을 받은 그해, 리코더 부 아이들을 지도하면서 리코더 지도법을 좀 더 깊이 연구하게 되었다. 그리고 영역을 넓혀 여성회관에서 장구를 짧게 석 달간 배워 공연을 하기도 했다. 나는 무언가 작은 목표를 이루고 나면 금방 열정이 사그라드는 경향이 있다. 깊이는 없지만 음악과 악기에 대한 관심과 열정은 남부럽지 않았다.

동료 선생님의 추천으로 플루트를 배웠다. 평생 악기로 플루트가 최적이라는 것이 그 선생님의 의견이다. 1대 1 레슨으로 1년 넘게 일주일에 한 번, 퇴근 후 설레는 마음으로 시내 개인 연습실을 오갔다. 그런데 몸이 마른 나에게 관악기는 무리였나 보다. 충분히 호흡을 하며 입김을 넣어야 하는데 힘이 부족했는지 풍성한 소리를 내지 못해 고생하였다. 예쁜 소리를 내는 것이 쉽지 않았다. 연습 전에 컵라면을 먹어 속을 든든하게 채우면 그날은 진도가 빨리 나가는 날이다. 플루트 역시 배우는 동안에는 진도가 빨랐고 수월하게 따라갔지만 어느 순간 힘 부족으로 나가떨어졌고, 인터넷 중고 사이트에서 악기는 섭섭하지 않은 가격에 팔렸다.

시립 국악원에서 가야금을 2년간 배웠다. 내 열정을 쏟으려면 내 악기가 있어야 한다는 게 나의 철학이다. 시작한 지 얼마 되지 않아 가야금을 덜컥 샀다. 거금 100만 원이다. 플루트를 판매한 돈으로 가야금을 사게 된 셈이다. 가야금 선생님의 추천으로 공연 무대에 서 보기도 했다. 공연이라기보다는 가야금 연주 대회였다. 실력이 아직 여물지 않은 상태에서 연주하였던 터라 내 손이 떨리는 것을 보고 더 떨었던 그날이었다. 임신과 출산으로 인해 가야금 배우기를 멈추었고 정신없던 육아가 끝난 후에도 가야금을 다시 시작할 흥미가 나지 않았다. 한 번 배웠던 악기를 다시 시작하는 것은 쉽지 않다. 다시 시작하려면 그 전보다 몇 배의 에너지를 쏟아야 하기 때문이다. 마치 헤어진 연인을 다시 만나 사귀는 것이 쉽지 않은 것처럼.

아빠의 중앙이발관 •

집 한편에 가야금이 주인의 관리를 전혀 받지 못한 채 어설프게 누워 있다가, 서 있다가, 창고로 쫓겨났다가 여기저기 치이고 있다. 12개 줄 중에서 한 개가 끊어져 성치 않은 가야금에게 마음을 다시 갖기란 쉽지 않은 일이다. 안타깝게도 가야금은 가야금의 기능을 더 이상 갖고 있지 않은 우리 집을 지키는 장승이 되었다.

그다음 나를 찾아온 악기는 오카리나이다. 방학 중 직무 연수로 오카리나 연수를 신청하여 5일간 바짝 배웠다. 리코더, 단소와 달리 배우기 쉽고 시간을 투자한 만큼 결과가 바로 눈에 보여 보람을 느끼게 해 주는 악기이다. 마음만 먹으면 오늘 배워 바로 한 곡, 두 곡을 연주할 수 있다. 오카리나 연수를 시작하기도 전에 나는 또 덜컥 오카리나를 인터넷으로 결코 저렴하지 않은 가격에 샀다. 악기에 대해 잘 모르는 상태에서 악기를 사는 건 지금 생각해도 위험한 발상이다. 도자기로 구운 악기라 금방 금이 갔고, 저렴한 악기를 새로 구입해야 했다. 연수가 모두 끝난 후에도 강사 선생님을 중심으로 소모임을 만들어 친목 겸 악기 연주를 시도하였으나 모임에 한 번 참석한 후 나의 열정은 사그라들었다. 아직 나의 악기를 못 찾은 것이다. 악기 연주는 무엇보다 시간과 정성을 들여야 하는데 그게 쉽지 않다.

그다음 악기는 우쿨렐레이다. 우쿨렐레에 관심을 갖게 된 계기가 있었다. 딸의 어린이집 재롱 잔치에 함께 참여한 부모님들을 여러 그룹으로 나누어 악기를 30분간 배워 무대에 바로 설 수 있는 기회가 있었다. 나는 우쿨렐레를 선택하였다. 기타보다 작지만 노래를 부르면서 연주하는 모습에 흥이 보였고, 왠지 쉬울 것 같은 예감이 들어 고민 없이 우쿨렐레를 선택하였다. 예상대로 30분의 연습만으로 우쿨렐레 연주를 하면서 노래까지 부를 수 있었다. 안 떨리는 무대는 없다. 딸들이 본다는 생각에 최선을 다했고 짜릿함의 여운이 남았다.

그 공연을 계기로 우쿨렐레 학원을 가기로 마음먹었다. 마침 내가 사는 곳 아파트 근처 상가 건물에 우쿨렐레 학원이 있었다. 평소 눈에 띄지 않던 간판이 어느 순간 내 시선을 사로잡았다. 비슷한 시기에 학교 동료 선생님과 우쿨렐레에 대한 관심이 통해서 벗 삼아 같이 가게 되었다. 그리고 우리는 바로 선생님이 추천해 주신 우쿨렐레 악기를 바로 샀다. 악기를 산다는 것은 열심히 배워 보겠다는, 어느 정도 실력을 키워 보겠다는 강한 의지를 보여 주는 것이다. 악기를 사게 되면 쉽게 그만둘 수 없음을 알기에 또 일을 저지른 것이다. 나와 같이 배우는 그 선생님 역시 나와 같은 생각이었다.

우리의 우쿨렐레 연습은 순탄했고, 둘이라서 재미있었고, 레슨 날 빠진 적도 없었다. 열심히 배운 끝에 우쿨렐레 지도사 자격증까지 취득하게 되었다. 자격증 소지자라고 자신 있게 말할 실력은 아니라서 굳이 드러내지 않는다. 우쿨렐레 악기 역시 우리 집에서 가야금과 장구처럼 큰 역할 없이 한 자리를 차지하고 있다. 딸들에게 연주법 전수를 시도하였으나 그리 오래가지 못하였다. 한때 나와 뜨거운 사랑을 했던 악기 하나가 더 늘었다.

마지막 나의 관심 악기는 바이올린이다. 현재까지도 바이올린은 진행 중이다. 내가 겪은 악기들 중 나와 함께 가장 오랜 시간을 걷고 있는 악기가 바로 바이올린이다. 바이올린은 할수록 어렵고 도전하고 싶은 악기이다. 햇수로 배운 지 4년 차이지만 레슨을 받은 시간은 길지 않았다. 동료 선생님들과 동아리 활동으로 강사에게 그룹으로 레슨을 받은 거라 한 달에 내가 받은 개별 레슨 시간은 다 합해서 고작 40분에 불과했다. 연습으로 시간을 투자하여 부족한 실력을 채워 가고 싶었다. 처음에는 학교에 있는 악기를 대여하였으나 집에서도 연습하기 위해 악기를 구입하게 되었다. 현재 목표는 바이올린 모차르트 3번 협주곡을 능숙하게 연주하는 것이다. 짧은 레슨 시간으로 여기까지 온 것만 해도 만족하고 충분하다. 직장을 옮기게 되면서 잠시 연주를 쉬고 있다. 그렇지만 현재 악기 모드는 바이올린 모드이다.

이렇게 아빠 덕분에 나는 다양한 악기를 잘해야 한다는 부담 없이 즐길 수 있게 되었다. 아빠가 음악을 취미로 선물해 주신 덕분이다. 전공자가 아니라서 깊이는 없겠지만 여러 가지 맛을 보며 내게 맞는 악기를 탐색하는 과정 또한 보물찾기하는 것처럼 설레고 즐거운 일이다. 앞으로 배우고 싶은 새로운 악기는 당분간 없을 것 같다. 새로운 악기를 배울 정도의 열정과 에너지가 전과 같지 않고, 나의 사랑을 갈구하고 있는 지나간 악기들을 좀 더 돌아볼 생각이다.

아빠의 물건

아빠가 서울 병원에서 내려온 후 정읍 병원으로 입원을 하기 전 주말에 집을 들렀다. 아빠는 각도를 조절할 수 있는 패브릭 앉은뱅이 소파 의자에 힘겹게 앉아 계셨다. 아빠는 정리를 잘 하지 않으시는 편이다. 그런데도 필요한 게 있으면 바로 찾으시는 초능력을 발휘하신다. 아빠의 물건들은 아빠만의 무질서 속에서 질서 있게 자리해 있다. 가끔 엄마가 아빠의 물건을 정리하고 나면 아빠의 불호령이 떨어진다. 귀신같이 눈치를 채신다. 그래서 엄마는 아빠 물건에 손을 안 대는 편이다.

아빠의 물건들을 시간 내어 정리를 해 드리고 싶었다. 제일 먼저 정리가 필요한 것은 쌓여 있는 약 봉투들이었다. 약의 양이 점점 늘어나 한 보따리가 되었다. 내가 물어보는 질문에 대답하기도 힘든 아빠에게 나는 조심스럽게 물건의 처치 여부를 확인받았다. 아빠의 대답에 따라 물건들의 생사가 결정되었다. 쓰레기봉투가 서서히 차기 시작했다. 정리하고 난 뒤 남은 건 약 봉투와 생필품 몇 가지가 다였다.

아빠의 중앙이발관 •

농사에 필요한 물건들과 잘 안 쓰는 짐들이 창고를 차지하고 있지만 그건 치울 엄두가 나지 않았다. 이발관에서 이발의 용도로 사용되고 있는 물건들 이외에 집에 있는 아빠의 물건의 종류는 많지 않았다. 술을 즐겨 하는 사위와 영은이, 나를 위해 아빠가 직접 담근 담금주가 있다. 가끔 담금주는 우리 집에 온 손님들에게 선물이 되기도 했다. 아빠만의 물건은 적었다.

아빠의 물건들 중 부피가 가장 큰 것은 오토바이다. 시골 어른들이 부담 없이 사용할 정도의 사양이다. 아빠가 운전하는 오토바이 뒷자리에 탄 적이 있다. 어느 휴일 방바닥에서 뒹굴고 있는 나에게 아빠가 같이 가자고 해서 따라나섰다. 아빠는 오토바이를 탈 때 선글라스를 쓰신다. 뒷자리에 올라타 아빠 허리를 꽉 잡았다. 뒷좌석에 탄 사람을 위한 발판이 확실하지 않아, 발을 오토바이 몸체 어딘가에 조심히 올렸다. 오토바이의 진동이 고스란히 느껴졌다. 몸 전체가 얼얼할 정도였다. 목적지에 도착하여 오토바이에서 내린 후에도 몸에 진동이 남아 있을 정도였다. 차를 타고 그 길을 지날 때면 창밖으로 아빠와 나를 태운 오토바이도 추억의 길을 따라 같이 움직인다. 지금 아빠의 오토바이는 누군가에 의해 도로를 쌩쌩 달리고 있다.

내 반쪽

　몇 번의 연애 끝에 지금의 남편을 만났다. 지나간 바람처럼 의미 없이 흘러간 사람은 없었다. 배울 점이 많았고, 내 사람을 찾는 안목도 생겼고, 고맙고 미안한 감정을 알게 해 준 사람도 있었다. 그 과정이 있었기에 지금의 남편을 만나게 되었는지 모른다. 소개팅으로 남편을 만나 6개월 만에 결혼하였다. 내 나이 29세, 2006년 12월이었다.

　처음 남편이 집으로 인사 온 날, 아빠는 현관에서 거실로 들어오면서 자신의 신발을 가지런히 정리하고 들어오는 남편의 모습이 인상적이었다고 한다. 초면인데도 불구하고 아빠와 함께 술잔을 기울이며 보조를 맞추는 모습, 진지하게 대화를 이어 가는 모습에 아빠는 높은 점수를 주어 우리의 만남을 흔쾌히 허락하셨다.

　아빠의 말이 맞았다. 남편은 내 모질고 급한 성격을 다 포용해 줄 수 있는 사람이다. 딸들에게 다정한 아빠가 되기 위해 먼저 다가섰고, 내 까칠한 성격을 다 이해하고 받아 주었다. 엄마는 김 서방이니까 우리 딸을 데리고 살지 하며 웃곤 하셨다. 시댁에서는 다섯째 막내가 우리 집에서는 의젓한 맏사위 역할을 톡톡히 하고 있다. 아빠 장례식 때 엄마, 나와 동생들이 슬픔에 절망하고 있을 때, 장례 절차에 대한 결정을 내려야 할 때, 장례를 치르는 동안 큰 힘이 되었다.

부부는 닮은꼴 부부와 정반대 부부가 있다고 한다. 우리 부부는 비슷한 면이 많은 닮은꼴 부부에 가깝다. 외모가 닮았다는 말을 가끔 듣기도 한다. 사람들은 자신을 닮은 사람에게 호감을 느끼고 사랑에 빠진다고 한다.

아빠가 사위로 인정한 내 남편은 나와 비슷한 점이 많다. 책임감이 강하고 성실한 점, 술을 좋아하는 것, 다소 무뚝뚝한 성격이라는 것, 성격이 급한 것 등이 있다. 남편과 나의 비슷한 점을 늘어놓고 보니 모두 아빠를 생각나게 하는 것들이다. 반려자를 찾을 때 아빠 같은 사람을 찾았나 보다.

실제로 남편은 성실하고 책임감이 강하여 직장에서 인정받는 사람이고, 술을 좋아하여 사람들과 잘 어울린다. 감정 표현이 무뚝뚝하고 서툴지만 나보다 자상하고 다정하다.

아빠가 나에게 그랬던 것처럼 남편은 언제나 든든한 내 편이다.

준비되지 않은 이별

자다가 새벽에 핸드폰이 울렸다. 반갑지 않은 소리이다. 동생 영은이의 이름이 화면에 보였다. 받고 싶지 않았다. 새벽에 영은이가 전화할 일이 뭐가 있겠는가? 받고 싶지 않았지만 안 받을 수도 없었다. 그때가 새벽 두 시였다.

영은이의 목소리가 울먹울먹하였다. 뭔가 심상치 않은 기운을 느꼈고, 영은이의 다음 말을 안절부절못하며 기다렸다. 아빠의 호흡이 너무 약하다고 병원에서 마음의 준비를 하라는 것이었다. 아직은 아니라고 생각했다. 병원에 입원하신 지 일주일 남짓 되었다. 아빠가 우리에게 고통을 크게 호소하신 적 없고, 화장실에 혼자 다니려고 부단히 노력하신 것을 보고 아빠는 아직 괜찮다고 생각하였다. 그런데 그게 아빠의 엄청난 노력이었다는 것을 나중에 알게 되었다. 아빠는 가족들이 걱정할까 봐 통증을 참기 위해 안간힘을 쓰셨던 것이다.

그래서 우리 가족은 더 믿을 수가 없었다. 아빠와의 이별은 아직 먼 일이고, 입원 생활이 지금보다는 더 오래갈 것이라고만 생각했다. 그래서 간병인을 구하는 방법도 알아본 것이다. 아빠는 본인이 힘든 것보다 우리 가족을 더 생각하셨다. 그런 아빠가 안쓰러웠다. 아빠는 늘 가족들에게 좋은 모습, 강한 모습을 보이려고 하셨다.

영은이의 말을 듣는 순간 나는 고함을 지르며 발을 동동 굴렀다. 자고 있던 남편이 놀라서 어리둥절했다. 그 순간 나는 내가 아니었다. 영은이와의 통화를 급하게 끊고 집을 나설 채비를 하였다. 같이 간다는 남편을 만류하였다. 새벽인지라 아파트는 조용했고, 아파트 주차장에서 내 발소리가 고요한 산속 메아리처럼 울렸다.

길에 차가 많지 않았고 빨리 가야겠다는 생각으로 속도를 조금 올렸다. 15분 정도 갔을 때 핸드폰이 안 보여 불안했다. 차 안을 아무리 뒤져도 없었다. 핸드폰 없이 병원으로 곧장 갈 것인지, 집으로 되돌아갈 것인지 고민을 했다. 아무래도 핸드폰 없이는 안 될 것 같았다. 가는 길에 아빠 소식을 들어야 했다. 그래서 유턴을 했다.

다시 조용한 주차장을 거쳐 엘리베이터를 타고 집에 들어왔는데 항상 두던 자리에 핸드폰이 없었다. 애가 탔다. 꼭 정신이 없을 때 핸드폰이 말썽이다. 다시 주차장으로 내려갔다. 심호흡을 한 뒤 차에서 침착하게 핸드폰을 찾기 시작했다. 핸드폰이 보조석 의자 아래 오른쪽 구석에 서 있었다. 시간을 허비했다는 생각에 마음이 더 급해졌다. 다시 시동을 걸고 출발한 다음 아파트를 벗어나자마자 동생에게 전화를 걸었다. 호흡이 불안정했는데 다시 안정됐으니 새벽에 오지 말고 날 밝으면 와도 될 것 같다는 소식이었다. 안정은 됐지만 생각보다 아빠

상태가 많이 안 좋다는 것은 사실이다. 며칠 전까지만 해도 우리랑 대화도 하고, 음식도 조금씩이지만 드셨고, 화장실도 부축을 받으며 다니셨는데 갑자기 안 좋아지신 것이다. 의사 선생님이 마음의 준비를 하라는 얘기도 하셨다고 한다. 지금까지 병원에서 아빠 상태가 계속 안 좋다는 말을 할 때마다 그 사실을 인정하기보다 의술 너머 어딘가에서 뜻밖의 기적이 작동하기를 바랐는지도 모른다. 어쩌면 아빠와의 이별을 외면하고 싶었는지 모른다.

그대로 집에 다시 돌아가고 싶지 않았다. 아빠 얼굴을 보고, 엄마와 영은이의 얼굴을 봐야 놀란 마음이 조금이라도 진정이 될 것 같았다. 그대로 병원을 향해 달렸다. 어둑한 새벽, 아빠에게 달려가는 길은 공허하였다. 새벽녘 어둠 속에서 나는 운전대에 온 힘을 쏟았다. 가슴을 펴고 심호흡을 하며 다시 정신을 가다듬었다.

병실 문을 조심스럽게 열자 아빠, 엄마, 영은이가 보였다. 병실의 공기가 차가웠다. 누워 있는 아빠는 입을 벌린 채 들숨과 날숨을 가쁘게 쉬고 있었다. 아빠의 입안은 다 헐어 수포가 생긴 상태였다. 생사의 갈림길에서 힘겹게 암세포와 싸우느라 힘들었다고 몸이 대신 말하고 있었다. 아빠는 우리에게 엄살 한 번 표현한 적 없었다. 그래서 우리 가족은 아빠가 괜찮으신 거라고 크게 착각을 했던 것이다. 아빠는 주무시는 것 같았고 희미한 숨소리만 방 안에 가득했다. 엄마와 영은이는 한바탕 놀라고, 울었는지 얼굴에 짙은 그림자가 드리워져 있었다.

아빠의 중앙이발관 •

아빠가 눈을 감고 계셔도 다 듣고 계신 것 같다고 영은이가 말했다. 영은이가 아빠에게 "아빠 정말 좋은 아빠였어."라고 말했더니 아빠가 눈물을 흘리셨다고 한다. 영은이의 말에 동감했다. 아빠는 우리 가족에게 좋은 아빠이다. 넉넉하지 않은 형편에서 우리 세 남매 대학교까지 뒷바라지하셨고, 자녀의 결혼이라는 큰 숙제까지 다 하셨다. 손자 다섯 명도 보셨다. 아빠가 한세상 살아온 시간들은 의미가 있었고, 보람이 있었다. 그리고 희생과 헌신도 함께했다. 나도 아빠처럼 살고 싶다는, 이 세상을 마무리하고 싶다는 생각을 하게 하셨다. 나에게 '부모란 이런 것이다'라는 인생의 모델을 알려 주셨다. 이날이 2019년 7월 16일이었다.

다음 날 아침, 평소보다 이른 시간에 집을 나섰다. 출근하는 길에 아빠를 보기 위해서였다. 집이 있는 전주에서 직장이 있는 정읍으로 출근할 때였다. 병원에서 직장까지는 20분 정도 걸린다.

병실에는 영은이와 엄마가 있었다. 영은이는 휴가 사용이 자유로워 오늘은 엄마와 같이 아빠 옆을 지키기로 하였다. 아빠의 숨소리는 여전히 가늘었다. 나는 아빠 손을 잡고 물끄러미 바라보았다. 조금 더 아빠가 힘내 주기를 바랐다. 어쩌면 아빠는 그만 삶의 끈을 놓고 싶을지 모르지만 우리 가족은 아빠를 붙잡고 싶었다. 이 상태로 조금 더 살아계셔도 좋겠다 싶다가도, 힘들어하는 아빠를 더 이상 붙잡으면 안 된다는 생각도 했다. 퇴근길에 들러 아빠를 다시 뵈어야지 생각하며 병원을 나섰다.

"아빠, 나 출근했다가 이따가 다시 올게."

나는 아빠에게 말을 하였다. 이게 아빠에게 내가 마지막으로 한 말이었다.

오전 10시쯤 된 것 같다. 영은이에게 전화가 걸려 왔다. 심상치 않았다. 아빠가 아프신 동안 서로 아빠에 대해 상의할 일들이 많아 전화 통화가 잦은 편이긴 했다. 불안한 마음으로 전화를 받았다. 영은이가 울음을 삼키며 힘들게 내뱉었다.

"아빠, 돌아가셨어."

동생이 흐느꼈다.

나는 터져 나오려는 울음 버튼을 잠시 일시정지 하였다. 지금 울음을 터뜨리면 걷잡을 수 없을 것 같았다. 커다란 돌덩이가 내 심장을 움직일 수 없게 누르는 것 같았다. 처음 느껴 보는 기분이었다. 지금도 앞으로도 잊혀지지 않을 순간이다. 오늘 아침 아빠를 본 게 마지막이었다고 생각하니 그제야 참았던 눈물이 앞을 가렸다. 눈물을 훔쳐내며 겨우겨우 운전대를 잡았다. 어떻게 운전했는지도 모르겠다. 아침에 가까웠던 길이 멀게만 느껴졌다. 야속하게 눈치 없이 신호등이 계속 시간을 지체하게 만들었다.

아빠는 아침에 내가 보았던 그 모습 그대로였다. 돌아가신 게 맞나 싶을 정도로 너무 그대로였다. 아침에라도 아빠 얼굴을 봐서 정말 다행이다 하는 생각이 들었다. 다행히 아빠의 임종을 엄마가 지키셨다.

아빠의 중앙이발관 •

이제 더 이상은 아빠를 볼 수 없다는 생각에, 아빠를 정말 보내야 한다는 생각에 다시 한번 먹먹함이 밀려왔다.

"아빠, 잘 가."

나는 아빠 손을 꼭 잡고 이렇게 말했다. 어떤 말도 생각이 나지 않았다. 아빠가 편한 곳으로 잘 가시길 바랐다. 1년 6개월 동안 암과 싸우느라 정말 욕봤다. 멀게만 느껴졌던 아빠의 죽음은 방심한 틈을 비집고 정말 순간에 찾아왔다. 순간은 정말 순간에 오는구나 생각했다.

시나리오에 이별이 있기는 했지만 당황스럽기만 하다. 우리 가족은 슬퍼할 겨를도 없이 장례 절차에 쫓겨 그 병실을 나서야 했다. 내가 첫 번째로 한 일은 병원 접수처에서 아빠의 사망진단서를 발급받는 것이었다. 그러기 위해서는 내가 가족임을 증명할 수 있는 서류가 필요했다. 언제부터인가 가방에 가족관계증명서를 가지고 다녔다. 평소 나는 미리미리 준비하는 편이다. 아빠와의 갑작스러운 이별을 예상하여 미리 준비해 둔 것이었다. 다행히 이 상황에서 가족관계증명서까지 발급받기 위해 발을 동동거리지 않아도 되었다. 서류를 발급하기 위해 대기하고 있는 상황이 너무 싫었다. 아빠가 돌아가신 지 얼마 안 됐는데 감정을 추스를 여유도 없이 지금 나는 서류를 발급하기 위해 나의 대기 번호를 기다리고 있는 것이다. 사망진단서가 없으면 장례식장에서의 절차가 제대로 안 된다는 것이다. 이게 현실이다. 슬퍼할 겨를도 없다.

긴 시간을 기다려 사망진단서를 발급하여 다시 병실로 갔을 때 아빠는 이미 장례식장으로 떠난 뒤였다. 서류 발급해 주는 담당자 한 명이 없어서 다른 날보다 대기 시간이 길었다. 아빠 손을 다시 잡아 볼 수 없었다. 그 시간에 아빠의 마지막 모습을 한 번 더 보고 손이라도 한 번 더 잡아 볼 수 있었을 텐데…… 나는 서둘러 장례식장으로 갔다. 장례식에 도착하면 아빠 얼굴을 볼 수 있을 거라 생각했지만 검은 상복부터 입어야 했고, 장례식장 직원의 안내를 들으며 상주로서 결정해야 하는 것들을 하나씩 해치워 나가야 했다. 병원에서나 장례식장에서 나 역시 슬퍼할 겨를 없이 새로운 숙제들이 마구 몰아쳤다.

아빠를 위해 마련된 빈소에 5년 전 가족사진 촬영 때 아빠가 스스로 챙겨 찍었던 영정 사진이 한가운데 있었다. 지용이가 집에 가서 급하게 영정 사진을 챙겨 왔다. 처진 눈이 불편하여 쌍꺼풀수술을 한 지 얼마 안 됐을 때 찍은 사진이어서 도톰한 쌍꺼풀이 지금보다 더 선명해 보였다. 손님들이 아빠를 찾아오기 시작했다. 지인에게 아빠 소식을 전하면서 목이 메고, 친구 진희의 우는 모습을 보고 또 울컥하고, 스마트폰에 있는 아빠의 투병 생활 중 찍었던 사진을 보며 또 울었다. 아빠는 없고 사진만 있는 허전하고 조용한 빈소와 손님들이 자리를 채우고 있어 시끌벅적한 곳의 분위기가 사뭇 이질감을 자아냈다. 한 공간에 다른 작은 두 세상이 공존하고 있는 듯했다.

아빠를 찾아오는 손님들이 많았다. 아빠를 잊지 않고 장례식장을 찾아 주신 분들이 많았다. 시간 내어 찾아오신 분들에게 정말 감사했다.

아빠를 찾아오신 친구분들은 다들 건강해 보이셨다. 건강한 아빠 친구분들을 보니 이제 72세밖에 안 되었는데 너무 일찍 우리 곁을 떠났다는 안타까움에 목이 멘다.

오신 손님들 중 우리 가족 누구도 모르는 젊은 남자 한 명이 혼자 앉아서 식사를 하고 있었다. 영은이와 나는 궁금해서 그 남자에게 말을 걸었다.

"아저씨한테 항상 이발을 하던 사람인데 어느 날 아저씨 가게 문이 닫혀 있어서 나중에 알게 되었어요. 저희 아버지도 얼마 전에 갑자기 돌아가셔서 제가 아버지 뒤를 이어 농사를 지으면서 시골에서 살고 있어요."

그 남자는 왜 자신이 여기에 있는지 설명을 이어 갔다. 이런저런 이야기를 하다 보니 그는 나의 중학교 동창의 동생이었다. 그리고 영은이와 중학교 시절을 동시대에 함께 보낸 후배이기도 했다. 동창의 아버지가 돌아가신 것도 나중에 소식을 들어 알게 되었는데 친구의 남동생이 힘든 발걸음을 한 것이다. 미안하고 고마웠다.

"우리 아빠, 정말 대단하시다. 이렇게 찾아와 주는 사람도 있고. 우리 아빠는 기분 좋겠어."

영은이가 눈시울을 붉히며 말했다.

아빠는 도움이 필요한 사람에게는 공짜로 이발도 해 주시고, 형편이 어려운 조카들에게는 틈틈이 용돈을 주었다고 한다. 아빠는 우리 가족에게도 최선을 다했지만 정이 많아 다른 사람에게도 베풀 줄 아는 마음 넓은 사람이었다. 말투는 다소 딱딱하지만 마음 씀씀이는 부드러웠다. 츤데레였다. 사촌 오빠들도 모두 아빠를 츤데레라고 말하였다.

　입관식 때 아빠를 다시 볼 수 있게 되었다. 아빠의 모습을 마지막으로 눈에 넣을 수 있는 기회이다. 아빠는 여전히 천장을 보고 반듯하게 누워 있었다. 병원에서 보던 아빠의 모습 그대로였다. 아빠와 우리 가족은 통유리를 사이에 두고 있었다. 장례지도사가 아빠의 몸을 깨끗하게 닦아 주었다. 아빠의 머리카락을 닦아 주실 때 나는 이런 말을 하였다.

　"평생 남의 머리만 힘들게 손질했는데 오늘은 아빠가 손님이네."

　이발관 일을 직업으로 삼으며 살아온 아빠의 인생이 짧은 시간 동안 파노라마처럼 스쳐 갔다. 아빠에게 수의를 하나씩 입히는 장례지도사의 손길에서 조심스러움과 동시에 힘이 느껴졌다. 이 세상에서는 마지막으로 입는 옷, 저세상에서는 처음 입는 옷이다. 마지막과 처음이 같은 순간이다.

　아빠를 납골당에 모셨다. 아빠가 살아온 70년의 세월에 비해 너무도 짧은 시간에 아빠의 형체가 사라졌다. 아빠의 모습은 더 이상 없다. 조그마한 공간에 아빠의 세월이 고스란히 담겼다. 아빠의 유골함을 건네받고 그제야 아빠가 이 세상에 없다는 것이 실감이 났다. 보고 싶어도 더 이상 볼 수 없다. 벌써부터 아빠가 보고 싶다. 슬프다. 그런데 계속 슬퍼할 수만 없으니 언젠가 슬픔과 화해도 해야 한다. 이제는 상상 속에서 아빠의 모습을 그리고 그리워해야 한다. 아빠의 환하게 웃는 모습, 미소 짓는 모습, 주무시는 모습, 큰 소리로 말하는 모습, 아파하는 모습, 오토바이 타는 모습, 호통치는 모습, 이발하는 모습은 상상 속에서만 볼 수 있다. 아빠가 가끔 꿈에 나타나면 감사할 것 같다.

사람의 삶이란 참 덧없다. 아빠의 인생도 그러하다. 결국 이렇게 없어지는 것이 인생이구나. 긴 시간 살아온 인생의 결과값이 겨우 한 줌의 가루밖에 안 되다니……. 말로 형언할 수 없는 기분이다. 허무할 뿐이다.

납골당에 아빠만을 위한 새로운 주소, 새로운 집이 생겼다. 아빠가 돌아가신 후 힘들 때 찾아가 남몰래 울 수 있는 나만의 공간이기도 하다. 납골당에서는 우는 일이 이상해 보이지 않아서이다. 아빠가 그리워 울기도 하고, 살면서 감정을 정화할 순간이 필요할 때에도 아빠 앞에서 얽힌 감정들을 풀어낸다. 아빠가 살아 계실 때에는 걱정하실까봐 참아 내고 표현하지 않았던 감정들을 지금은 아빠에게 털어놓을 수 있다.

현재 세상과의 인연이 끊어지면서 새로운 세상으로 가는 곳이 정말 있다면 그곳은 어디일까? 정말 또 다른 세상이 있을까? 아빠가 돌아가신 후 정말 진지하게 이런 고민을 많이 해 보았다.

나는 사실 죽음 뒤 또 다른 저세상이 없길 바란다. 이번 생을 어떻게 살았느냐에 따라 새롭게 살 세상이 정해진다면 그건 너무 무서운 일이다. 독실한 기독교신자인 내 친구 진희는 아빠가 살아생전에 하나님을 믿지 않았으니 교회의 가르침대로라면 아빠는 지옥에 간다고 하였다.

"우리 아빠처럼 살아 계실 때 사람들에게 바라는 것 없이 베풀며 욕심 없이 착한 일 하며 사신 분이 지옥에 간다면 그건 너무 가혹한 것 같다."

내가 흥분하며 말을 하자 진희는 어쩔 줄 몰라 하며 미안한 표정을 지었다. 인생을 어떻게 살았느냐가 아니라 하나님을 믿고 안 믿고에 따라 천국과 지옥 길이 결정 난다는 것을 이해할 수 없다. 물론 또 다른 세상이 있다면 말이다. 어느 누구도 저세상을 경험하고 경험담을 전해 준 적이 없어서, 불확실해서 더 무서운 이야기이다. 고맙게도 평소 진희는 교회에 다니지 않는 나를 위해 기도를 많이 한다고 한다. 이번에는 아빠를 위해 기도를 해 주겠다며 나를 안심시켰다. 그 기도의 힘 덕분에 아빠가 천국에 가는 예외적인 일이 펼쳐지면 좋겠다. 그렇게 믿고 싶다.

아빠가 돌아가신 뒤 나는 문득 성경책이 궁금해졌다. 나는 국민학교 6학년 때까지 교회를 다녔다. 일요일마다 예배를 위해 교회를 찾았고, 여름마다 여름 성경 학교를 열심히 다녔다. 성실한 편이어서 여름 성경 학교 새벽예배에도 빠지지 않고 갔다. 성경책은 여러 가지 이야기를 모아 놓은 이야기책 같았다. 결국 다 읽어 보지 못하고 책장 한편에 꽂아 두긴 했지만 언젠가 다시 한번 읽어 보고 싶은 책이다.

준비되지 않은 이별이지만 이제 정말 아빠와 이별을 할 때가 된 것

아빠의 중앙이발관 •

같다. 아빠가 더 이상 고통이 없는 곳으로 가길 바랐고, 다음 생이 있다면 아빠가 좋은 곳에서 행복하길 바랐다.

죽음은 모두에게 결국 찾아온다. 그리고 죽음을 피하려 무척 조심한다. 피하기 위한 노력을 했지만 불가항력적으로 죽음에 맞닥뜨릴 수 있다. 나는 죽음을 크게 두려워하고 싶지 않다. 물론 죽음은 여전히 공포스럽고 두려운 대상이다. 나에게 죽음이라는 그림자가 다가온다면 아빠가 그랬던 것처럼 무덤덤한 태도로 죽음을 대하고 싶다. 그렇다고 삶을 쉽게 포기한다는 것은 아니다. 나의 의지만으로 죽음을 삶으로 바꿀 수 없다면 담담하게 받아들일 생각이다. 쉬운 일은 아니다. 막상 그 상황이 되면 두려움과 공포에 갇혀 생이 마감될 때까지 나 스스로를 괴롭힐 수도 있다. 사후 세계에서 심판을 받지 않을까 무서움에 떨 수도 있다.

죽음은 삶처럼 자연스러운 자연의 순리이다. 자연의 순리에 따라 흐를 수밖에 없는 것이 인간의 삶과 죽음이다. 아빠는 자연의 순리에 따른 것이다. 그리고 남아 있는 우리도 삶에서 죽음의 방향으로 걸어가고 있다. 죽음이 무섭다는 이유로 역방향으로 갈 수 있는 사람은 아무도 없다. 멀리서 보면 삶의 주사위 판에서 아빠는 나보다 먼저 한 바퀴를 일찍 돌아 출발점으로 돌아온 것이고, 나는 아빠가 걸어간 길을 한 걸음씩 쫓아가고 있을 뿐이다. 주사위 눈에 따라 인생을 살다 보면 언젠가 출발점에서 아빠를 다시 만날 수 있을지 모른다.

눈물보

나는 감정 표현에 서툴고 인색하다. 표현되지 못한 감정들은 켜켜이 쌓이게 되고 용량이 초과되면 더 이상 숨어 있지 못하고 주체할 수 없어 폭발하기도 한다. 폭발하지 않은 오래 묵은 감정은 찌꺼기가 되어 나 스스로도 내 감정 상태를 이해하지 못하는 순간에 다다른다. 표현 방법을 몰라 헤맬 때도 있다. 그래서 눈물보가 수시로 터지나 보다. 말로 표현하지 못한 감정들을 눈물로 분출해야 하니까 말이다.

운전 중 신나는 음악 속에서도 눈물이 앞을 가릴 정도로 펑펑 운 적이 있다. 아빠가 돌아가신 이후 한동안은 가끔 그랬다. 혼자 있는 차 안이 울기에 적당한 장소라서 마음 놓고 울 수 있었다. 이유를 물어보는 사람이 아무도 없어서 울기 좋다.

내 안에 고장 난 눈물 버튼이 있나 보다.

이 글을 쓰는 이유

내가 과거에 쓴 글을 몇 년 뒤 읽게 되는 일은 아주 신선한 일이다. 글을 읽는 시점의 내가 어떤 모습, 어떤 상태일지에 따라 감정이 다르겠지만 내가 과거에 어떤 생각을 했었는지 지금은 어떠한지 비교할 수 있다. 순간순간 느꼈던 감정들은 눈 녹듯 스르르 잊혀지고 사라진다. 바람에 날아가기도 한다. 그래서 글로 남겨 두고 싶다.

지금 기억할 수 있는 것들도 세월이 더 흐르면 분명 잊혀질 것이다. 자연의 망각을 막을 방법으로 글을 선택한 것이다. 원고지에 펜으로 글을 써야 했다면 나는 시작도 못 했을 것이다. 컴퓨터 자판을 두드리며 거침없이 머리에 있는 것들을 바로바로 풀어낼 수 있어서 글쓰기가 가능했다. 펜으로 쓰게 되면 속도가 느려 그 잠깐 사이에도 생각의 실타래가 얽혀 처음 의도와 다른 방향으로 흘러갈 수 있다. 펜으로 글을 쓰는 것은 아주 고난이도의 방법인 것 같다. 펜으로 대작들을 남긴 작가들이 존경스러울 따름이다.

내가 쓰고 있는 과거의 기억들은 기록이 아니고 나만의 방식으로 해

석된 것에 불과할 수 있다. 희미하고 산발적으로 흩어져 있는 기억들을 나만의 해석으로 재구성한 것이다. 우리 모두 때로는 단기기억상실증에 걸린 사람처럼 내 마음대로 기억하기도 한다. 바로 나를 중심으로 세상이 존재하고 기억되는 것처럼 말이다.

아빠와의 추억을 잊지 않고 저장하기 위해 일기처럼 쓰다 보니 어느새 책으로 엮어 볼 수 있는 분량의 글이 되었다. 내가 지금 글을 열심히 쓰고 있는 이유는 USB에만 담겨 두지 않고 제본하여 내 손에 선명하게 쥐고 아빠와의 기억들을 언제든 펼쳐 보고 싶기 때문이다. '일기장은 일기장으로 끝냈어야지'라는 후회를 할지도 모르겠다. 인쇄소에서 몇 권만 인쇄하여 영은이와 소장하는 것으로 만족하려고 하였으나 영은이의 추천으로 소박하게 작은 규모로 출판을 하게 되었다. 출판을 결심하고도 여러 번 망설였지만 세상에 나의 기록 하나쯤은 남겨도 되지 않을까 생각하며 스스로를 많이 격려하였다.

출판하는 과정은 생각보다 길었다. 한 달 넘게 교정 작업을 하는 동안 어느 때보다도 나는 아빠를 많이 생각하였고 그리워하였다. 아빠와 있었던 옛날 생각이 나서 갑자기 울기도 하고, 내 글을 먼저 읽어 본 지인과 각자의 아빠에 대한 이야기를 나누면서 애써 눈물을 참은 적도 있다. 책장에 꽂혀 있는 완성된 책을 언제든 꺼내 볼 수 있다는 것은 너무 설레는 일이다. 아빠가 보고 싶을 때 책을 통해 아빠를 만날 수 있기 때문이다.

책을 손에 넣으면 가장 먼저 아빠에게 달려가고 싶다. 이 책의 주인공인 아빠가 현실 세계에 없다는 사실이 너무도 안타깝지만 아빠가 기쁜 마음으로 이 책을 읽어 주길 바라는 마음으로 추억의 문을 닫고자 한다.

코스모스 향기처럼

없다.

'없다'라는 말 한마디가 가슴을 먹먹하게 만들 수 있음을 뼈저리게 느끼고 있다. 그 먹먹함을 느껴 보지 않은 사람은 정말 모르는 감정이라는 것도 알았다. 아는 만큼 보이고 느낄 수 있다. 그만큼 경험이 중요하고, 경험은 다른 사람에 대한 공감으로 이어진다.

아무렇지 않게 생활하다가도 문득 아빠가 없다는 생각 하나만으로도 심장이 단단해진다. 아빠가 없음을 다시 한번 확인하게 되는 순간 일상생활에 파묻혀 아무렇지 않은 척 지내다가도 꽃봉오리 안에 갇혀 있던 슬픔이 걷잡을 수 없이 터진다.

거실 장을 열 때마다 아빠의 손때 묻은 가위들이 보인다. 아빠가 생전에 목 관리를 하신다고 자주 드셨던 목 캔디 한 봉지가 서랍장에 그대로 있었다. 아빠에게 사 드렸던 것이다. 어느 날 아빠를 생각하며 그 목 캔디를 하나 입에 물었다. 아빠가 좋아하는 씁쓸하면서도 목을 시원하게 해 주는 맛이다. 앞으로 목 캔디를 먹을 때면 아빠를 떠올리게 될 것 같다.

아빠의 신분증이 화장대 서랍 한편에 자리 잡고 있다. 젊었을 때 찍은 아빠의 증명사진이 신분증에 빛바랜 채 박혀 있다. 내가 할머니가 되어도 아빠는 늘 그 모습 그대로일 것이다. 사진 속 모습에서 아빠는 더 이상 나이가 들 수 없다. 우리 아빠는 여전히 72세이다.

내가 처음 사용했던 핸드폰을 아빠에게 드리면서 핸드폰 번호도 아빠의 것이 되었다. 남편 말로는 아빠가 사용했던 핸드폰 번호를 현재 다른 사람이 사용하고 있다고 한다. 핸드폰에서 아빠의 번호를 삭제하지 않은 덕분에 메신저 앱을 통해 우연히 알게 된 것이다. 아빠가 살아 계신 것처럼 반가웠다. 아빠가 사용했던 핸드폰, 더 이상 울릴 수 없지만 서랍 안에 간직하고 있다. 핸드폰을 볼 때마다 아빠가 떠오르면서 난 또 눈물을 훔친다. 우리와 세상을 달리한 사람과도 1년에 한 번 정도는 전화 연락이 가능하면 좋겠다.

갑자기 문득문득 아빠의 흔적이 느껴질 때마다 아빠가 없음을 새삼 느낀다. 이제는 먹먹한 감정을 거부할 수 없어 그대로 받아들인다. 한바탕 폭풍이 지나가고 나면 잔잔한 추억이 슬그머니 고개를 내민다.

아빠가 투병 생활 중 좋아하셨던 토마토, 물렁한 복숭아, 바나나 이러한 것들이 이제는 평범해 보이지 않는다. 당뇨 때문에 단 과일을 드실 수 없어 바나나, 토마토 위주로 비타민을 보충하셨다. 기력이 거의 쇠하셔서 음식을 가리는 게 무의미한 상황이 되자 나중에는 당도 높은 복숭아도 드셨다. 물렁물렁한 복숭아 한 개를 참 맛있게 드셨다. 흰죽 위주로 요기를 하던 중 복숭아가 주는 달콤함이 아빠에게는 가뭄에 단비였을 것이다. 아빠의 첫 번째 기일 제사상에 복숭아를 올렸다. 복숭아는 귀신을 쫓는 데 사용된다 하여 제사상에 올릴 수 없다고 한다. 아빠가 살아생전에 맛있게 드셨다는 것에 의미를 두어 우리 가족은 개의치 않았다. 아빠가 맛있게 드시면 그것으로 족하다.

영화나 드라마, 지인에게서 아빠가 돌아가신 후 살아생전 빚을 떠안게 되어 돌아가신 아빠를 원망하는 이야기를 심심찮게 들을 수 있다. 아빠는 그럴 일이 없을 거라는 확신 속에 절차를 통해 조회한 결과 서울 묵동 어느 은행에서 아빠의 예금 흔적 30만 원을 찾았다.

우리 가족은 이렇게 추측했다. 타향살이하면서 조금씩 모아 차곡차곡 저축했던 것을 아빠 본인도 잊은 것이다. 아빠가 서울에서 지낸 적이 있다고 했다. 모은 돈을 조금씩 저축했던 것이었으리라. 다람쥐가 도토리를 열심히 모았는데 모아 둔 곳이 어디인지, 모았다는 것 자체를 잊은 것일 수도 있다. 아빠는 다람쥐처럼 열심히 사셨던 것이다. 우리 가족은 복잡한 서류를 준비하여 3시간 걸려 서울에 가서 일부러 30만 원을 찾을 계획이 없다. 그 도토리는 언제든 아빠를 생각할 수 있는 우리 가족의 추억 식량으로 삼기로 했다. 가끔 아빠를 생각할 수 있는 연이 되게 은행에 묵혀도 괜찮을 것 같다.

아빠의 중앙이발관 •

아빠의 흔적이 많다. 아빠와의 기억도 많다. 그런데 아빠는 없다. 그리움은 쌓여 가고, 미안한 마음은 더욱더 커지기만 한다. 돌아가신 지 4년이 지나도 아빠에 대한 슬픈 감정은 무뎌지지 않는다. 아직도 슬픔과 화해하지 못했다. 지금도 나에게 아빠는 든든한 버팀목이고, 어딘가에서 나를 항상 응원해 주고 있는 것 같다. 세상살이 만만치 않을 때마다 아빠가 나에게 어떤 말을 해 줄지 나는 안다. 아빠가 여전히 살아 계신 듯하다.

한 가지 후회가 되는 것은 아빠에게 '사랑한다'는 말을 해 본 적이 없는 것이다. 사실 아빠가 내 앞에 다시 계신다 해도 쉽게 표현할 수 있을지 자신하지 못하겠다. 저 깊이 숨어 있는 마음을 꺼내어 드러내는 일이 나에게는 어렵기만 하다. 좋은 감정을 내 안에 가두어 둔다고 해서 더 깊어지고, 진해지는 것은 아닌데 말이다.

오늘도 아빠가 그립다. 그리운 마음 굳이 달래지 않고 온전히 그리워하면 된다. 그러다 보면 마음에 굳은살이 생겨 아빠와의 추억 이야기에도 눈물이 아닌 미소를 지으며 말할 수 있는 날이 오겠지. 오늘도 길가에 핀 코스모스는 은은한 향기를 자아내며 바람에 흔들리고 있다.

아빠의 중앙이발관

ⓒ 권다올, 2023

초판 1쇄 발행 2023년 10월 30일

지은이   권다올
펴낸이   이기봉
편집   좋은땅 편집팀
펴낸곳   도서출판 좋은땅
주소   서울특별시 마포구 양화로12길 26 지월드빌딩 (서교동 395-7)
전화   02)374-8616~7
팩스   02)374-8614
이메일   gworldbook@naver.com
홈페이지   www.g-world.co.kr

ISBN   979-11-388-2423-1 (03810)